———— 阅读之前 没有真相

午 夜 文 库

———————— 岛田庄司作品集

　　岛田庄司，推理小说之神，新本格派导师，当代最伟大的推理小说作家之一。

　　岛田庄司一九四八年十月十二日出生于日本广岛，毕业于武藏野美术大学，在音乐和美术领域造诣非凡。一九八〇年以一部《占星术杀人魔法》参加江户川乱步大奖角逐，次年由讲谈社出版此书。这部作品为日本乃至全世界推理文学的发展打开了一条全新的道路。

　　其后岛田庄司陆续发表《斜屋犯罪》、《异邦骑士》、《奇想，天动》、《北方夕鹤2/3杀人事件》等作品，均为场景宏大、诡计离奇的不朽之作。其笔下塑造的御手洗洁和吉敷竹史两大神探个性鲜明，已成为无人不知的经典形象。

　　日本很多作家以岛田庄司为偶像，创作了大量"岛田风格"的推理作品，由此开创了新本格派推理，成为当今世界推理舞台最重要的一支力量。

　　岛田庄司现定居在美国，已创作各类小说、论文集等八十余种，其对本格推理的孜孜以求没有任何改变。他坚定地表示："只要我身为推理作家，一定坚持本格派。若我不再写本格作品，我就不再是个推理作家了。"

岛田庄司作品集年表

1981	《占星术杀人魔法》
1982	《斜屋犯罪》
1983	《死亡之水》
1984	《寝台特急1/60秒障碍》
	《出云传说7/8杀人事件》
1985	《北方夕鹤2/3杀人事件》
	《消失的"水晶特快"》
	《死亡概率2/2》
	《搜索杀人来电》
	《夏天,十九岁的肖像》
1986	《火刑都市》
	《Y的构图》
1987	《展望塔上的杀人事件》
	《御手洗洁的问候》
	《灰色迷宫》
1988	《异邦骑士》
	《深夜鸣响的一千只铃》
1989	《灵魂离体杀人事件》
	《奇想,天动》
1990	《羽衣传说的记忆》
	《御手洗洁的舞蹈》
	《黑暗坡食人树》
1991	《字谜杀人事件》
	《水晶金字塔》
	《飞鸟的玻璃鞋》
1992	《眩晕》
	《来自天国的子弹》
1993	《异位》
1998	《御手洗洁的旋律》
1999	《泪流不止》
	《P的密室》
2002	《魔神的游戏》
	《光之鹤》
2003	《螺丝人》
	《透明人的小屋》

岛田庄司作品集年表

2006	《犬坊里美的冒险》
	《最后的一球》
	《UFO大道》
	《帝都卫星轨道》
2007	《利比达寓言》
2010	《写乐 密闭之国的幻影》
2011	《进进堂，世界一周》
	《蛙镜男怪谈》
2012	《恶魔岛幻想》

夏天，十九岁的肖像

（日）岛田庄司 著
吕灵芝 译

新星出版社 NEW STAR PRESS

目录

1	序章
5	第一章 病房窗前
43	第二章 跟踪
85	第三章 告白
127	第四章 海
169	第五章 偶像
219	尾声
227	新版后记

序章

今天，我在银座某家外文书店的一角，发现了一本好看的绘本。它在我所有的藏书中，也能称得上数一数二的上品。

这本书描绘了一座可爱小洋楼的一生。在广阔的草原上，流淌着一条小溪，小溪旁建起了一座雅致的小洋楼。在小洋楼刚建成时，它可是无比美观大方，让其主人为之骄傲不已的小家。家中爱犬在小楼周围欢快地奔跑，老人则在小溪边悠闲地垂钓。

翻开下一页，时代发生了变迁。小洋楼周围迎来了宅基地开发的浪潮，草原逐渐被侵蚀，外表相同而无趣的标准化住宅接二连三地竖立起来，住宅群组成了一个无趣的小镇。小溪被导入一条巨大的排水管中，原本像个干净小蛋糕般的洋楼，如今也渐渐被熏黑，变得陈旧、肮脏起来。

时代继续向前推进，原本新兴的住宅区也逐渐变得陈旧了。整个住宅群被卷入城市化的浪潮中，慢慢地都被推倒了。残留的瓦砾被推土机推到一边，紧接着，大型压路机也开始运作，将地面压得平平整整。可是，唯独那座小洋楼残存了下来，独自老去。

人们开始兴建摩天大楼。楼群矗立在孤独的小洋楼周围，像屏风一样把小家的三面围得水泄不通。此时的小洋楼就像被三个巨人俯视着的老狗一样，变得渺小无比。

继续翻动页面，在摩天大楼的缝隙间苟延残喘的小洋楼愈发地破败、肮脏，墙壁上也开始出现裂缝。最后，玻璃窗被打碎，大门也变得摇摇欲坠，终于连屋顶也坍塌下来。在新式摩天大楼的脚下，小洋楼变成了一堆残破的瓦砾。

抱着绘本，我呆立在书店一角，久久无法动弹。之所以如此，是因为我实在过于感慨。书中的故事简直就如同我的"青春"一般。我同样也有着与这座山谷之家同样的体验。那些经历至今仍会让我感到坐立不安、万般苦恼，不知自己该去往何处，让太多的话语憋闷在心中，难以释怀。

在回想起自己的青春时，我总会抱有类似的感慨。每个人心中都埋藏着难以对他人诉说的青春伤痕，我们都是怀着这种近乎羞耻的感慨成长起来的。如果事实真是如此，那我所经历的那些青春，恐怕也算不上特殊了。

如同惊涛反射出的夏日阳光一般，霎时间炫目无比的惊险往事，日后回顾之时，那段经历看起来是如此短暂，却不知为何会深深地镌刻在我的脑海中。那些经历让我一生都难以忘怀，有时甚至连彼时的痛楚也会重现。我认为，那种强烈的痛楚，正如夏日艳阳灼烧在视网膜上，让人不堪其苦。

第一章 病房窗前

1

我记得那件事发生时，披头士乐队刚解散不久，所以应该是一九七〇或一九七一年的初夏。一切都缘自我的一场交通事故。当我骑着摩托车疾驰在第一京滨高速公路上时，冷不防被一辆卡车蹭倒了。

在那次车祸中，我受的伤比想象中要严重许多，不仅肋骨和锁骨折断了，连右腿胫骨也被摩托车压折。待清醒过来时，我已经躺在品川外科医院的病床上了。

还好，每一处骨折的部位都没有伤到关节，那已经是不幸中的万幸了。虽说如此，我还是不得不面临长期住院治疗的痛苦。

至于我的爱车，那辆川崎W1则彻底成了一堆废铁。那是比腿骨骨折更让我无法接受的事实。现在，那次车祸已经是十五年前的事情了。当时我只有十九岁。

那一年初夏,我浑身打满了石膏,每日百无聊赖地坐在病房窗前,眺望着日渐炫目的夏日阳光,压抑了整整两个月的青春朝气。

我所在的病房是个双人间。隔着一块帘子,隔壁病床上的是一位老人,经常在深夜发出痛苦的咳嗽声。不过我运气也算不错,被分到了窗边的床位。

我的病房在五楼。每到夜晚,都能透过窗外楼房的间隙看到远处高速公路的路灯。不过最让我难以忍受的,是正午强烈的阳光下,在高速公路另一头反射着白光的蔚蓝大海。在我卧床休养时,阳光日渐强烈,路旁的树木变得愈发葱郁,远处的那片海也变得更加蔚蓝了。极目远眺,还能看到上空的海鸟们如同天空洒落的白色粉末般翩翩飞舞。夏日的大海对一个十九岁的男孩来说,无疑是个难以抗拒的诱惑。因此,每日面对着那般风景,着实让我感到坐卧难安。

住进医院的头十天,我只顾着忍痛呻吟,根本没法起床。因此,我也就无从知道这个医院在什么地方,究竟有多大,不,甚至连病房外的走廊长什么样子都不得而知。不过三周以后,我终于能勉强从床上坐起,这才发现窗外总是异常嘈杂。

见我总是不自觉地瞥向窗外,隔壁床的老人告诉我,这座医院如今正在进行扩建工程。不久之后,我终于能拖着身上沉重的石膏,一个人摇摇晃晃地上洗手间了。从那时起,每天我都会把供来访客人用的不锈钢椅子摆到窗边,坐在那儿眺望楼下的工地。

黄色的挖掘机看起来像一头勤劳的大象。眺望着楼下的工地，让我不禁回想起儿时经常在其中玩耍的公园沙堆。那时的我最喜欢用手抓起一堆沙子，将其搬运到假想的目的地去，再用手掌把沙堆推平，拍上两下。此时，窗外的那台挖掘机虽然是笨重的机械，却也灵巧地做着同样的动作。

　病房的窗户上装有铁丝网。我只要打开窗户，将鼻子抵在铁丝网上向下凝视，就能看到没有门的驾驶室里坐着一个男人，甚至连他手脚的动作都看得一清二楚。因为整天无所事事，我甚至认真地考虑过，要不要一直观察那台挖掘机的驾驶室，直到自己学会操作方法为止。

　工地周围安置了一圈铁板。只有正对我病房窗户的那一面开了一个出入口。

　工地的地基已经打得很深，因此比周围低了不少。从那唯一的出口到挖掘机的位置，堆起了一个能容一辆土方车通过的陡峭斜坡，斜坡中央还铺着两块铁板。土方车每次都撅着屁股小心翼翼地倒退着驶下那条斜坡，把装载的泥土倾倒在工地上。

　在挖掘机周围，竖立着无数根如同灰色铅笔一般的水泥柱。挖掘机在水泥柱间穿梭着，将土方车卸下的泥土铺平。每过一天，工地的底部都会被堆高一些。

　附近往来的人们应该无法看到被铁板围绕的工地。因为在没有土方车进出的时候，写有建筑公司名称的塑料布（也有可能是帆布）会将唯一的入口盖住，像门帘一样遮住工地内部的光景。

　而我病床旁的那扇窗户则堪称特等席位，因为从那里可以看到工程的每一步进展。经过几天的观察，我发现工程的进展速度非常快，只消花上一小时眺望，就能看到工地一点一点地变了样子。此外，挖掘机驾驶员和土方车司机开玩笑的场景，以及他休息时间熄掉引擎，坐在挖掘机履带上吸烟的样子，都被我一一收入眼底。

每当厌烦了对工地的观察时，我便会抬起视线，眺望隐藏在高楼背后的大海，有时甚至能看到低空飞行的飞机。那是因为羽田机场就在我视线的右侧。

随后，我的视线又会逐渐向近处移动。工地另一头是高楼大厦组成的混凝土森林，公寓和杂居大厦重叠交错，密密麻麻地矗立着。其中有崭新的建筑，也有老旧的房屋，但所有建筑物都非常高大。在那些高大的建筑物脚下，如同长期坚守阵地的战士一般，竖立着一座小小的二层住宅楼。

住宅楼虽小，也只是与周围的摩天大楼比较而言罢了，那座房子若放在过去，恐怕也算是个气派的建筑吧。面对大道的出入口处竖立着砖砌的隔墙，还带有一个不算大却也不太小的院子，院子里种着好几棵上了年纪的老树，还有一个车库。建筑物是和式风格的，外表已经在岁月的流逝中变得陈旧不堪，但二楼的走廊部分却被改造成了日光室。因此，现在那座建筑应该算是和洋混搭的风格了。从我这边看到的房屋一侧，还设有兼作晾衣间的阳台。

每天，当我厌倦了观察工地时，总会把视线转向那座小楼。里面的人想必世代都生活在品川吧。即便周围变成了摩天大楼的森林,他们依旧坚守着自己的独门小院。我不禁联想到了一对顽固的老夫妇。

可是,那栋过去可以算是气派的建筑,如今也变得渺小不已。就连那种满大树的庭院,从我所在的病房看过去,也小得如同盆景一般。

当时的我实在痛恨看书。就连强忍无聊在床上闭目养神的时候,满脑子想的也是摩托车的事情。当然,那也有可能是因为事故的保险赔偿问题所致。因此,我每日所做的事情不是眺望楼下的工地,就是凝视远处的那座二层小楼。

我偶尔能看到一个五十岁左右的中年妇女出现在小楼里。她每次不是提着购物篮走出家门,就是提着洗衣篮出现在晾衣间。另外还有一个貌似她丈夫的仪表堂堂的银发老人,也会偶尔出现在那里。

记得那天是个星期日的上午,恰逢楼下的工地休息。清晨七点的体温测试已经过了两小时,我百无聊赖地从床上下来,走到窗边坐下。平日里勤奋不已的挖掘机此时也把那象鼻一般的铁臂低垂着,像失去了生命般一动不动。于是我便照例抬起视线,观察那座深陷在高楼深谷间的小楼。

那天天气很好,应该才刚到七月上旬吧,那样的天气应该最适合来场初夏的日光浴了。我看到日光室里的长椅上躺着一名身穿短裤的女性。

她留着一头长发,还戴着一副用现在的话来说属于朋克风格的太阳眼镜。从远处这么一看,我还以为那是家里的老夫人。

可是再仔细观察一番，我发现自己错了。因为就算从远处观察，也能发现她光着的双腿形状特别好看，更何况，一个五十岁的中年妇女又怎么可能戴那样的墨镜。

我双眼的视力都有一点五，因此日光室里的光景能看得非常清楚。就在我凝神眺望时，她突然像上了发条一样跳了起来，接着又好像把墨镜往上推了推。那个动作充满了青春气息，此时此刻，我终于确信她是个与我年龄相仿的女性了。

她又坐回长椅上，久久没有动弹。随后，她又"呼"地一下站了起来。就算从远处观察，也能发现她的身材十分火辣。很快，她就消失在了室内。

我感到了轻微的恍惚。或许是因为这段住院生活没有任何刺激吧（我住的病房里连电视机都没有），那仅仅数十秒的观察，而且是连对方长什么样都看不清的远距离观察，已经让我对她产生了极大的兴趣。

2

　　从那以后,我就再没有关心过楼下的工地,而是一心一意地眺望那高楼山谷间的小楼,只盼着能再见到那个女孩子——只要能再看上一眼就行。

　　可是,她却再也没有出现在二楼的日光室里。不过我很快发现,她每天早上都会离开那座山谷之家,出门到别的地方去。

　　她几乎每天早上都会出门,而且每次都会朝着品川车站的方向走去。多数时候她会选择八点以后出门,往常我并不会在这个时刻眺望窗外,因此才会一直错过见到她的机会。山谷之家里竟住着这么一位富有魅力的女性,我此前真的是浑然不觉。

　　不过,她也并非每天早晨八点都会准时出门。有时候是九点,有时候又会变成十点。不过就算再晚,她也一定会在那天的正午前离开家走向车站。而且我还发现，她有好几次会在临近傍晚的时刻早早回家。因为有那么几天，我在临近傍晚的时候看到她提着购物篮穿过马路，到山谷之家斜对面的超市里买东西。

毫无疑问，家中的中年女性与这位年轻女性是母女关系。无论是从年龄上看，还是从一些小动作和体态来看，我都能从中观察到某些共通之处。

我推测她应该是个大学生。因为高中生和白领都不会有如此不规律的上学和上班时间。

伴随着每天的仔细观察，我渐渐明白了那家人坚守在山谷小楼中的理由。由于整日坐在病房窗前，我已经对那山谷小楼一家人的全部生活了如指掌了。

在早晨不需要太早出门时，山谷之家的女儿就会光顾对面大楼一层的咖啡厅。她可能会点一份早间套餐吧。随后，她还会到隔壁的超市买东西回家。超市旁还开着一家面包店，她时常会到那里去买面包。

每个周六的午后，她母亲都会到超市所在大楼的二楼去，因为那里有家美发店。

保养好头发后，母亲不会马上回家，而是沿着大道向车站方向闲逛，逛完几家时装店后，又总是会提着纸袋回来。

时装店之间还开着小小的蛋糕店和书店。我曾见过那家女儿傍晚从车站出来，走进蛋糕店里，片刻之后，又提着一个小小的白色纸盒回家。

如此这般，我在病房窗前几乎能观察到她们的全部生活。至少，她们离开家门与外界接触的那一部分生活，有大半都落入了我的眼底。也就是说，那一家人的生活似乎仅局限在那座山谷小楼附近，也就是我从病房窗前能够看到的范围内。这都是因为在山谷小楼半径五十米的范围内，就集结了日常生活所需要的几乎所有商店的缘故。

我每日眺望着那座二层小楼。有一天，而且还是一大早，在我刚结束早晨七点的体温测试后，那座小楼的日光室里出现了一位银发老人的身影。

那老人身材健硕，穿着五分衬裤和衬衫，似乎还戴着一副眼镜。他在日光室的安乐椅上躺有了三十分钟左右，那也是我第一次认认真真地观察他。他看起来像个顽固的老头子。不一会儿，他站了起来，消失在室内。

我终于把那个一家之主仔细观察了一番，以前一直没什么机会见到他。只是有一点让我感到有些奇怪，那就是他看起来过于苍老。躺在日光室里的那个人一看就是个彻头彻尾的老人家。我经常在晾衣间见到的夫人只有五十岁上下，这个一家之主却起码有七十好几了。这样一来，那身材姣好的女儿简直就能当他的孙女了。

一家之主离开日光室后，我也依旧把目光锁定在山谷小楼上。不一会儿，从开有时装店和书店的商店街方向驶来一辆黑色的奔驰车，停在山谷小楼门前。刚才那个身材健硕的老人也换了一身看起来很昂贵的灰色西服出现在门口。只见他坐进奔驰车里，一路疾驰而去。看来，那个一家之主还是个挺了不起的角色。

但奇怪的是，第二天早上我却再没看到之前那样的场景。身材姣好的女儿像往常一样独自出门往车站走去，我一直观察到午后，也没看到银发老人和奔驰车的出现。

那之后第三天、第四天，奔驰车都没有出现。不过在第五天早晨，奔驰车又停在山谷小楼门口，把身穿藏青色西服的一家之主接走了。

那山谷小楼里的一家人，对我来说简直是个谜团。他们彻底吸引了我，让我无法移开视线。不知不觉间，被病痛缠身的我开始期待有一天能够近距离地看到那身材姣好的姑娘的长相了。

她好像是家中的独生女。根据我的观察，那座山谷小楼中除了那三个人就再没有别人了。虽说我不奢望能够与她对话，但至少也想知道她到底长着什么样的脸。虽然知道她身材很好，但脸蛋也是个美人吗，或者只是普通的长相呢？我无论如何都想知道这一点。

随后，我便想到了一个好主意。那就是望远镜。有望远镜就能看清她的长相了。

我开始在脑中搜索可能拥有望远镜的熟人，然后马上想起来了。记得两个月前，井上那小子曾带了一副看起来很高级的望远镜到教室里炫耀来着。

我不知道井上家的电话号码，但在随身携带的记事本里却记着他家的地址。于是我便给他写了一封信。事实证明我的行动是正确的。因为就算我有他的电话号码，也没本事一路走到医院的公共电话旁边去。至于寄信，只需要拜托护士就可以了。

　　面对重伤入院的病人，人们似乎会本能地变得亲切起来，就连看起来不太友善的井上，也在三天后就带着望远镜来看我了，还告诉我想借到什么时候都可以。

　　从那时起，我的观察比以前更加深入了。为了不让护士发现，我一直把望远镜藏在枕头底下，像平常一样用肉眼观察小楼，打算只在看到那里有人出现时，再飞快地抽出望远镜仔细观察。

　　可是，自从我搞到望远镜后，就再没见到过那个姑娘了。当天晚上，第二天白天，我都没看到山谷之家里的任何一个人。

　　第三天早上，她母亲总算出现在了晾衣间里。我赶紧抽出望远镜抵在眼睛上。

　　她母亲的脸一下近在咫尺，把我吓了一跳。结果正如我所想象的，她年龄大概有五十岁，一脸刻薄的表情。她顶着那张神经质的，应该说是心怀恶意的脸，将洗干净的衣服一件接一件粗鲁地晾到竿子上。

　　我把望远镜放到膝盖上，忍不住叹了口气。虽说有些陈旧，但从病房窗前看到的山谷之家却还是挺可爱的。我不禁希望住在里面的人也有着与小楼外表相符的、充满希望和梦想的表情。

　　不过就在下一个瞬间，我发出了小小的惊叫。因为我盼了又盼的时刻终于到来了。我把目光从晾衣间移向日光室，发现那姑娘不知何时已经躺在安乐椅上了。

　　这不正是我望眼欲穿的机会吗？我飞快地拿起望远镜，却踌躇了片刻。我希望她与我想象的一样是个美人，这是理所当然的。

但更奇妙的是，我同时也强烈地希望她不是个美人。

望远镜的视野因为我双手的颤抖而剧烈晃动。她的头部一下子划过我眼前。我赶紧把望远镜往回挪，心脏已经提到了嗓子眼儿。我看到了她卷曲的长发——原来她是一头卷发啊。之前光靠肉眼观察，完全不知道她的发型如何。慢慢地，我又看到了她的脸。

我当时受到的冲击即使在十五年后依旧记忆犹新。她低着头，似乎正在看报纸。长长的睫毛，挺直的鼻梁，有这么一瞬间，我甚至怀疑世间是否应该存在这样的美貌。她美得简直无可挑剔。

此前，我在病房极尽所能地将她想象成了我能想象出的最漂亮的美人，同时又不断告诫自己，现实中怎么可能存在这般美貌。可是如今摆在我眼前的现实，却轻易地超越了我的一切想象。她比我想象中的还要美三倍。这实在是太不寻常了。我放下望远镜，用肉眼确认了一遍，又拿起望远镜继续观察。因为我怀疑自己是否错把墙上的海报当成了我朝思暮想的那位姑娘。

事实并非如此，因为我看到她动起来了。只见她把报纸放到地上，抬起头来。她的眼睛真大，就像模特一样。她似乎觉得阳光过于刺眼，伸手遮住了额头。随后她又靠到身后的墙壁上。我感觉自己好像在看电视广告一样。她保持了一会儿靠墙的姿势。我也一动不动地举着望远镜，看着她穿着的苔绿色背心、自行剪裁的超短牛仔裤，以及那双美丽的长腿。

突然，她睁开双眼，嘴唇动了动，似乎在说"来啦"。紧接着，她望向虚空，瞳孔晃动着。这副望远镜甚至能让我看到如此细节。随后她站了起来，消失在屋内。似乎有谁在叫她。

我又等了好久,她再也没出现在日光室里。我把望远镜放回膝头,一下子呆住了。我实在是无法理解,这世上竟真有这种事情。

她为何如此美丽,而她母亲却为何看起来如此刻薄呢?她和她的父母究竟是何方神圣,为什么这样的梦幻,这如同电影一幕般的现实,竟会如此轻易地在我眼前展开呢?

我一点都不明白。可是,我唯一能够肯定的是,从这一刻起,我已经深深陷入了对她的爱恋之中。

3

日复一日，我如痴如醉地观察着山谷小楼一家人的生活。每天日落之后，我都无比期待早晨的到来。因为日落之后，日光室从未点过灯，而其余的窗户也长期被窗帘遮得严严实实的。一旦夜幕降临，我就再也无法看到她和她家人的生活了。

熄灯时间过后，我躺在床上，脑海中浮现出的是坐在咖啡店里，与我只有一桌之隔的那个女孩的脸。

她说话的声音是怎么样的呢？应该很温柔吧，又或者有些好强？她会为我露出美丽的微笑吗……

她会用白皙而纤细的手指往咖啡里加入砂糖，悠闲地用小勺搅动吗？当我凝视着她的指尖，约她一起去看电影时，她会答应吗？

"山谷之家的少女"是我不得不用望远镜才能勉强看清的遥远"憧憬"。她的身段和举止与我此前认识的任何一个同班女孩子都不一样，带着一种成熟的气质。我意识到，自己已经准备伸出双手去追求这份"憧憬"了。

那应该是我用望远镜看到她之后的第三天晚上。熄灯时间过了很久，大概是深夜十点到十一点吧。

外面在下雨，雨点敲打着病房的玻璃窗，发出连绵不绝的声响。我借助不知从哪反射而来的微光眺望着山谷之家门前的马路，发现那辆黑色奔驰车分开雨幕，出现在了门前。是那女孩的父亲回来了。我赶紧抽出望远镜，仔细观察从奔驰车里走出来的那个男人的脸。

只见司机首先跳了出来，不顾自己有没有淋湿，一边撑开伞，一边急匆匆地跑到后座门边。女孩的父亲看都不看一眼在身后为自己撑伞的司机，带着一脸愠怒的表情，站到了被雨水淋湿、黑得发亮的马路上。

他戴着一副银色金属框眼镜。只见那男人快步走进了家门，司机则跌跌撞撞地跟在后面。

后座的门就那样敞开着，孤零零地被留在了雨中。前窗的雨刷也徒然地重复着单调的动作。我有点担心后座会被雨淋湿。片刻之后，那扇门突然被关了起来，我仔细一看，原来是司机回来了。他垂头丧气地坐进驾驶室，发动车子扬长而去。

山谷之家的玄关大门重又闭紧。我把望远镜放回膝头，用肉眼呆呆地凝视着日光室。因为除此之外，我再找不到能看到那个家内部的地方了。

只有日光室没有被窗帘遮盖。应该说，日光室里好像本来就没有窗帘。但现在毕竟是深夜，无论我再怎么仔细凝视，日光室里也是一片漆黑。

尽管如此，我还是花了五分钟时间凝视那漆黑的日光室。最后，我不得不放弃观察，决定上床睡觉。在起身前，我为了保险起见，又拿起望远镜看了一下。因为我觉得，用望远镜说不定能看到些什么。

果然，我隐隐约约地看到了日光室内部的光景。或许那只是因为此前无数次的观察而产生了习惯性的错觉吧。但我再仔细一看，发现日光室里竟出现了一个貌似人影的东西。一开始我还以为那只是某件家具的影子，随后又发现那影子竟然动了起来。于是我明白了，那就是人影。

我的眼睛逐渐适应了黑暗，慢慢地，连雨水顺着日光室的玻璃窗滑下的光景也能勉强看清了。紧接着，我意识到站在窗边的那个人影，属于那女孩的父亲。

就在此时，他猛地动了起来。发生什么事了？！我不禁把望远镜紧紧压在眼睑上。

一个似乎是人的影子突然倒在了日光室的地板上。屋里还有另一个人？！我直到此时才终于发现另一个人的存在。

我想方设法让自己看得更清楚些。只见那倒下的人影正尝试着站起身来。与此同时，略显肥胖的父亲的影子也猛地动了起来，他竟又一脚踹倒了地上的那个人。

再次摔倒的人没有动弹,不知过了多久才又缓缓起身。苍白的微光照在那人脸上——竟是那个女孩子。我顿时感觉心都凉了。她被父亲打了!

过了不一会儿,门好像打开了。女孩的母亲也出现在日光室内,对丈夫说了些什么。结果,男人猛地把她也打倒了。

随后,女孩的父亲怒气冲冲地消失在母亲打开的房门后,母亲也赶紧起身,追在丈夫后面消失了。

日光室里好像只剩下女孩一个人。我强忍着双眼的胀痛,一刻也不敢移开视线。虽然周围一片漆黑,我无法看清里面的情况,但她似乎躺在地上哭了好一会儿。

整个过程持续了大约三十分钟。在雨夜的彼方,她正独自哭泣着,想到这里,我的内心不禁一阵酸楚。为此,我也一直举着望远镜守护着她。

突然,她好像站了起来。随后,用带着怒气的粗鲁动作打开房门,回到屋里去了。

我依旧呆呆地眺望着空无一人的日光室。胸中的悸动犹如台风过境后激荡的余波。我无法相信刚才自己目睹的那一切都是真的。

过了好长时间,都没有任何人回到日光室。我终于不再坚持,把望远镜放回了枕头下面。随后,我躺倒在床上,对着病房的白色天花板开始思考。那究竟是怎么一回事呢?

静静地躺在淅淅沥沥的雨声中,我的空想开始泛滥。但空想终究只是空想，无法指引我得到最后的答案。我又艰难地坐了起来，靠在窗边凝视远处的日光室。肉眼所能看到的，只有玻璃窗紧闭的漆黑房间而已。

我觉得，现在应该不会再发生什么事情了，便准备去睡觉，但为了保险起见，我又把望远镜从枕头底下抽了出来。

镜头对准日光室，我看到了出乎意料的光景——那个父亲的黑影竟站在当中。我吓了一跳，但我马上意识到还有更吓人的事情。因为在她父亲的身影后，房门悄然无声地打开了。

走进日光室的似乎是他女儿。因为房间里一片漆黑，我无法看清她的脸。但通过那模糊的剪影，我依稀辨认出了女孩曼妙的身姿。

虽然现在是下着大雨的深夜，但望远镜的视野里却始终有着一片微弱而苍白的光。那片微光照射在她手持的物体上，反射出无情的光线。即使在隔了一段距离的病房里，那道光还是让我战栗不已。因为无论怎么看，她手上的物体都像是一把菜刀。

就在此时，病房的荧光灯突然亮了，一个歇斯底里的声音大吼着我的名字。

原来是查房的护士。我被狠狠骂了一顿，按到床上躺好。窗帘也被猛地拉上了。

护士走了好久之后，我又起身窥视了一遍日光室，但里面已经没有任何人了。那天晚上剩下的时间，无论我怎么等，都没有人再出现在日光室里。

4

第二天，我又目睹了更加不可思议的事情。

那天我像往常一样，整日盯着山谷之家。可是，那家的女儿、母亲和父亲都没有出现在望远镜的视野中。

那一整天阴云密布，夜幕降临之后又下起了雨。吃过晚饭，很快就到了熄灯时间。我依依不舍地拿起望远镜又盯着日光室看了一会儿，但想到昨晚被护士发现的前例，便决定早早上床睡觉。

那是一个异常闷热的夜晚，我睡到半夜便被热醒了。被石膏覆盖的部分早已大汗淋漓。这种不愉快的感觉，若非炎夏时节打过石膏的人，是绝对无法领会的。

我拿起枕边的手表，借着晚上苍白的微光，隐约看到了表盘上显示出的时间是零点刚过十分。

我实在难受得不行，只好坐了起来，套上凉丝丝的塑料拖鞋，坐在了床边冰冷的椅子上。当我双脚接触地板时，还闻到自己身上散发出一股让人讨厌的味道。

坐在窗边，我慢慢拉开窗帘。只见山谷之家坐落在远处，被笼罩在一片黑暗中。我又把视线移向沐浴在大雨中的工地。自从我不再关注那里后，工程又获得了不少进展，如今那个只孤零零地停放着一台黄色挖掘机的工地，已经不比周围的路面低多少了。

唯一一个对外开放的出入口依旧被印有建筑公司名称的布帘罩着，竖立在雨幕中。我靠在冰凉舒适的金属窗框上，百无聊赖地眺望着窗外。

突然，那块布帘被掀开了！我大吃一惊，探出身子凝视着夜幕。只见有个人站在工地入口处，正慢慢掀开布帘。

没等我反应过来，一个小小的人影就溜了进来。紧接着，又从布帘下面拖了一大包东西进来。那个人影拖着那包东西，沿着铺有铁板的土方车专用坡道，向我的方向走了过来。铁板被雨淋湿，反射出些许微光。那包东西大概有高尔夫球袋那么大，在我看来像是个黑色的布口袋。再仔细一看，那个袋子约有一抱粗，一百五六十厘米长。

我把额头抵在玻璃窗上，紧紧盯着楼下那幅光景。当那神秘的人影转过身时，我忍不住发出了小小的惊叫。

人影留着一头长发，身穿一件黑色T恤，下着一条黑色牛仔裤。工地虽然一片漆黑，但周围的道路上却亮着一排街灯，灯光透过入口的布帘打到黑影脸上，我瞬间看到了，那黑影竟是山谷之家的年轻女孩。

因为工地的地基已经被填平了不少,土方车用的坡道已经没有那么陡了。她把那包东西拖到斜坡中间便将其从道旁推了下去,紧接着自己也跳了下去。随后她弯下身,似乎在寻找包袱掉在了哪里。

我在玻璃窗后面目不转睛地盯着她的一举一动。我的心跳不断加速,让我有种近乎眩晕的感觉。只见她不知从什么地方掏出了一个小小的工具。虽然她所在的地方背光,但她站起来的时候,手上的工具却反射出了路灯昏暗的光线。

刀子?我瞬间想到,但这一想法马上就被否定了。因为她马上又弯下身,拼命地挖起数小时前刚被挖掘机翻松的泥土。看来她手上的工具是把小铲子。

她在夜幕和雨帘的掩护下,独自进行着那孤独而漫长的工作。因为身处斜坡的阴面,弯着身子的她完全被黑暗吞噬了,让我无法观察。望着眼前的一片黑暗,我甚至无法相信她真的就在那里。

好像过了三十分钟,又好像过了一个钟头,或者仅过了十几分钟。她终于站了起来,爬到了铺着铁板的斜坡上。那一刻,我看到她白皙的双手沾满了泥污。

她朝着坡顶一路小跑,在被雨打湿的铁板上滑了一下,跌倒在地,这时我才终于看清,她撑在地上的手中握着一把小铲子。

她马上又站了起来,逃也似的从入口的布帘缝隙中钻了出去。

眼前只剩下好像什么事都没有发生过的深夜工地。被初夏淅淅沥沥的长雨敲打着的铁板,反射出街灯昏暗的光线。那黑色的大布袋早已消失得无影无踪。很明显，她刚才已经把布袋埋在了斜坡脚下。

我赶紧从枕下抽出望远镜，对准山谷之家门前的道路。可是，她似乎已经回到了家中，我等了许久也没能看到她的身影。

玄关隐入了树篱的阴影中，连小楼也全无灯光，只在雨中现出一个黑影。我又盯着小楼看了好久，希望其中某扇窗户能亮起来，但小楼始终一片静寂。

最后，我只好坐在窗边，呆呆地听着雨声。

第二天天气好极了。一觉醒来，我便焦躁地坐到窗边，眺望楼下的工地。让我感到不可思议的是，那里竟没有出现任何异常。虽然因为昨晚的那场雨，到处都出现了大大小小的水坑，但地面上却没有任何引人注目的异常之处。

我觉得自己好像做了一场梦。面对如此爽朗的早晨，我简直无法相信自己昨夜所见的是事实。我又试着回想前天晚上用望远镜目睹的日光室骚动，紧接着，又想起了她费尽力气拖进工地的那个黑色口袋的大小。换句话说，那正好是一个成年人身体的大小。

随后，我又看向昨夜她俯身面对的那片斜坡脚下的地面。那里虽然有个水坑，但因为昨晚的那场雨，已经看不到任何挖掘过的痕迹了。就在那水坑下面，埋藏着一个让人战栗的秘密。即使已经过了一夜，我想到这里还是忍不住浑身发抖。若自己昨夜所见不是在做梦，那么，现在那个地方就……

为什么会没人发现呢，为什么现在会如此平静呢，我对此感到万分不可思议。虽然有点难以置信，但如今知道那块地面底下掩埋着惊天秘密的，在整个医院里似乎只有我一个人。

我恨不得现在就冲到楼下，把那个布袋挖出来。强烈的好奇心和恐惧感不断冲击着我的大脑。可是，我却是一个寸步难行的重伤患者。

几天前，我才刚恢复到能够自己上厕所的程度。要我现在穿过长长的走廊，走进电梯（话说回来，我甚至不知道医院的电梯在哪里），走出医院大门，沿着马路绕到工地入口，掀开那块布帘走下铺着铁板的坡道，还要独自一人抄起铁铲挖开地面，这对如今全身都打着石膏的我来说，简直是不可能完成的任务。

那么，我应该把昨夜的事情告诉别人吗——不，那是不可能的。因为没有人会相信我说的话。更何况，尽管这话说出来有点令人难以置信，我似乎对山谷之家的少女怀有强烈的爱意。虽然，我们甚至没有对彼此说过一句话。

我当然不会做出让她感到痛苦的事情。说句实话，此时我根本没想把自己目睹的事件告诉任何人，反而担心除我之外，是否还有别人看到了那件事。

其实仔细想想，她确实冒了很大的风险。毕竟能够看到工地的并不只有我的病房而已。在这么大的医院里，肯定有无数扇窗户能够看到那个工地。她这么做实在是太危险了。

为此，我连吃早饭的时候也一直盼着工人们赶紧开始工作。当我听到窗外总算传来挖掘机的引擎声时，终于松了一口气。

我赶紧坐到窗前目不转睛地盯着楼下，那里依旧是一派日常景致。入口处的布帘被掀开，当天第一辆土方车倒退着开了进去。伴随着一连串的巨响，泥土准确地落在了她昨晚挖坑的那个地方。挖掘机紧随其后开了过来，将倾泻而下的泥土推平。只一铲，便彻底保证了她的安全。看到这里，我好像看到自己的完全犯罪计划大功告成一般，长长地舒了一口气。

躺回床上，我突然意识到自己如今掌握着山谷之家少女的惊天秘密。想到这里，我不禁暗自出了一身冷汗。

5

就在我目睹她神秘行动的两天后,我又看到了让人吃惊的事情。不,那在某种意义上说应该是理所当然的事。因为我看到山谷之家的门前,竖起了好几个葬礼用的花圈。

山谷之家仅有一面朝向大街,其余三面都被高楼包围,因此用于悬挂黑白双色葬礼垂幕的地方少之又少。

那是一个晴朗的周日。前来参加葬礼的吊客络绎不绝,那辆眼熟的黑色奔驰车也停在了门外。同样眼熟的司机又像上次一样急匆匆地跑出驾驶室,拉开了后座车门,只是这回站到马路上的,再也不是山谷之家的主人了。

我从头到尾目不转睛地看着葬礼进行,准确地说,是一整天都在寻找应该身着丧服的那个少女。穿着黑色和服的母亲倒是好几次出现在了门前花圈的阴影下，但唯独捕捉不到女儿的身影。我感到胸中一阵闷痛。

虽然葬礼只在小小的家中举行，但吊客的数量却很是不少。黑色的高级轿车也络绎不绝地在门前停下又开走。毫无疑问，这就是那位脾气暴躁的一家之主的葬礼。而我，则掌握了葬礼的主角真正长眠的地点。

不知何时，我开始利用自己掌握的线索展开了推理。山谷之家的主人必定是个大人物，这从迎来送往的黑色奔驰车和参加葬礼的吊客人数上便可推测出来。因为自己高人一等的地位，他终日蛮横成性，让家人受了不少苦。一旦有什么不顺心的事，他便会对家人大打出手。而我那天看到的雨夜暴行，只是他蛮横性格的冰山一角而已。

终于有一天，他的女儿忍无可忍了。当然，此间必定还夹杂了其他缘由。从相隔甚远的病房当然无法获知其中的细节，总之，她终于举起了利刃，刺向自己的父亲。

这样下去必定会被人发现那是一起恶性杀人事件，因此，她不能让父亲带有刀伤的尸体曝光。于是，她决定秘密掩埋尸体。可是，埋到哪里去呢？她稍作思考，马上想到了眼皮底下的一个绝佳场所——医院的工地。

此处现在正进行基础作业，只要趁现在将父亲的尸体掩埋下去，上面马上就会建起高大的楼房。这样一来，无论是谁都无法再次挖掘出自己的秘密了。这不正是一个可遇而不可求的绝佳场所吗？

只有工地正在进行基础工事的这个时机才能满足自己的需求，早一点或晚一点都不行。只要找不到尸体，就无法进行杀人事件的立案。需要注意的只有一点，就是掩埋尸体时不能被人目击到。

只是，就算她因此避免了杀人嫌疑，又该如何举办一场没有尸体的葬礼呢？

我只有十九岁，尚未经历过任何葬礼，但根据常识来想想，还是觉得没有尸体难免有些棘手。不过，既然吊客们已经井然有序地聚集到山谷小楼里了，想必她也已经想到了应对之策吧。

正当我脑中想着这些事情时，一位身着黑色连衣裙的女性陪同一位身材瘦小的老人出现在了门前。纤细的身体包裹在丧服中，显得更加瘦削了。从紧身裙底伸出的双足，在望远镜的视野中似乎格外耀眼。

是她。她向坐进车中的老人深深鞠了一躬后，缓缓抬起头来。我清楚地看到了她脸上残留的泪痕。她一定哭了很久吧。想到这里，我胸中的苦闷愈发沉重了。就在这一刻，我突然明白了所谓的相思之情，竟能酸楚得近乎悲伤。

6

葬礼之后,她父亲自然再没出现过,只是,我也再没见到过她本人。这让我感到万分寂寞。

至于女孩的母亲,偶尔会出现在晾衣间里,有几次我还看到她走在去超市的路上。最关键的是,女孩本人却如同人间蒸发了一般。她恐怕一整天都把自己关在家里,连大学的课也不愿去上了吧。

二楼日光室旁边的窗户,近来每晚都会亮到很晚。我经过连日观察,推测那应该就是她的房间。

她似乎在独自一人承受着巨大的痛苦,那痛苦让她夜不能寐。她知道自己犯下了天大的罪孽,并为此感到痛苦不已。每当想到这里,隔着厚重的夜幕,我便会与她一同苦闷起来。我为自己身为一个无法予以她安慰的陌路人而感到无比难过。

葬礼结束一周之后,我突然得到了医生的许可,可以在医院附近散散步了。之后,我又从护士那里拿到了一副丁字拐。这让我不禁跃跃欲试,自己终于能到山谷之家的门前走一趟了。

只是,医生又说,我可以到附近的咖啡厅喝喝茶,但不能吃东西。当然,更不能饮酒。另外,最近这段时间我一定还不能适应借助丁字拐走路,因此要在医院之外的地方散步,必须有家人或朋友的陪同,否则院方决不答应。

听到这里,我有点伤脑筋了。因为我是独自到东京来念大学的,所以身边没有任何家人。至于朋友,也想不出几个。

经过一番苦思冥想,我又给借我望远镜的井上打去了电话。因为我这个天涯孤独客,此时只能借助他的帮助了。井上答应我下午三点到医院来。于是在此之前,我决定先在医院内部走一走,顺便适应一下我的丁字拐。

在医院里到处走动,对我来说如同探险一般。因为此前我只见到过病房和从病房通往厕所的那段走廊而已,除此之外的所有地方,对我来说都是未知的领域。我甚至连电梯在哪儿都不知道。因为我被送进来时不省人事,待我清醒过来,人已经躺在病床上了。这是哪里,医院的名字叫什么,我的病房在几楼,这些信息都是从别人口中听来的。

走着走着,我发现医院走廊的形状很奇怪。走廊是从我的病房开始延伸出去的,这说明我的病房位于走廊的其中一个尽头,奇怪的是，尽管走廊两旁全是密密麻麻的病房，我却没有看到任何转角。不过，这个疑问在井上赶来陪我走到医院外面后，马上就解开了。

我满怀感慨地绕着工地的金属围墙走了一圈。毕竟自己已经超过一个月没有接触外部世界了。

走到那个被布帘遮掩的入口前，我看到两台土方车正等着进入工地。走到旁边，马上就听到了引擎空转的轰鸣声。与此同时，围墙里还不断传来挖掘机的引擎声。面对久违的外界，我的第一印象是——有些粗野。

接下来，我一瘸一拐地穿过马路，试图越过工地围墙看看自己的病房。就在回头的那一瞬间，我忍不住发出了惊叹。

此前我一直以为，自己住的是一座五层楼高，像巨型烟囱一样的病号楼，有无数扇窗户正对着工地。怎知事实并非如此。正对着工地的，只有纵向排列的五扇窗户而已。

这是为什么呢，假设你从高空俯瞰，这家医院恐怕会呈现出一个巨大的十字或T字形吧，而那个T字的底端，则正对着我所在的方位。因此，与工地相邻，能够看到这边的建筑物一侧，只有一间病房的墙壁宽幅而已。其左右的病房都倒退到了较远的后方。因为之前一直卧床不起，我根本没想到，也无从得知住院楼的构造竟是如此，也难怪我在走廊里碰不到拐角。那是因为我所在的病房旁边根本就没有别的房间。

让我大吃一惊的并不只有这点，还有条幅。在五层楼高的细长外墙上，挂着一块写有"安全第一"的巨大条幅，绝大多数窗户都被那块条幅覆盖了，只有我位于五楼的病房窗户，才能够毫无障碍地看到外面的光景！

我不由得大吃一惊，这情况实在是太出人意料了。因为病房窗户上安装了金属网，让我无法探身出去，所以根本不可能发现这个覆盖了楼下所有窗户的条幅。

原来如此，我一下就想通了。这也难怪山谷之家的女孩会铤而走险。毕竟正对着工地的窗户只有一扇，而且还不是医生或护士们所在房间的窗户，里面住的都是早早就会上床休息，跟半个死人没什么区别的住院患者。

我又转过身来。从五楼俯视时犹如玩具小城一样的街道，真正走到其中观察一番便会发现，就连那些给病人带来压抑感的地方也都充满了活力。而那座山谷之家，则更是一座被绿树环绕，看起来威风凛凛的宅邸。

"你怎么了？"

井上见我突然感慨万分，莫名其妙地问道。

"没什么，就是好久没出来了。"

我回答道。

"你看那边那座小楼。"

我指向山谷之家。

"你发现没，周围都是高楼大厦，只有他家孤零零地像被埋没在山谷里一样。"

"啊，被你这么一说还真像那么回事呢。"

井上点头道。

"我在五楼看的时候,那座小楼看起来就跟电冰箱,或者大壁橱脚下的小金库一样哦。"

井上似乎对我的话题不太感兴趣,只是应付式地点了点头。

我们沿着马路慢慢走着,来到了山谷之家门前。这里已经完全没有刚举行过葬礼的气息了。我停在山谷之家的名牌前,那上面写着"小池"二字。

小池……吗?原来住在这里的这家人姓小池啊。原来,她姓小池啊。我又莫名地感慨起来。

越过前门看向里面的玄关,只见庭院的树荫深处,露出了一扇年代久远的玻璃拉门。我呆呆地站在那里,心想那女孩会不会突然打开拉门走出来呢。想到这里,我不禁开始想象她与我擦肩而过时,在空中飘舞的长发。

回过神来,我发现自己正撑着丁字拐呆站在马路上。羞耻感一下涌上心头,我赶紧催促着井上,两人急匆匆地过了马路,走向对面的咖啡厅。

站在店门口,我看到了写有"R 咖啡屋"字样的招牌。原来这家店叫"R"呀。我曾经躺在床上,无数次幻想自己进入这家店的情景,现在总算有机会实践了。若我的幻想都能够像现在这样一点一点实现,那该有多好啊。

自那以后,我开始努力练习使用丁字拐,一心想让医生批准我一个人出门散步。三天后,我总算获得了一个人到"R"喝咖啡的自由。

于是,我每天下午三点都会准时到"R"报到。那已经成了我唯一的乐趣。我遭遇交通事故时，还属于下点小雨就能让人冷得发抖的天气，但现在，咖啡厅里已经开足了冷气。

只是，就算我一天不落地光顾"R"，也还是没能见到山谷之家的女孩。因为她总是会在早上外出前，或者夜里回家后光顾那里，所以我不可能见得到她。但我在她出现的那两个时间段又都不能外出，因为医生只批准我从下午三点到六点自由活动，到了七点我就得回到病房用晚餐，九点半就熄灯了。医院生活简直跟坐牢没什么两样。

不过，就算那是一家毗邻医院的咖啡厅，也很少有患者会每天撑着丁字拐大汗淋漓地跑去光顾，因此几天后，我就得到了能够与老板闲聊的待遇。不过，这其实是我的计划之一。我一开始就打算从"R"的老板口中打探店铺斜对面那个山谷之家里住着的女孩的详细情况。

"话说回来，对面不是有家独门独院的小楼吗？"

一天闲聊过后，我故作不经意地问了起来。

"嗯，对啊。"

看起来四十多岁，留着一脸胡楂的老板回答道。或许是因为性格有些阴郁，他的脸色总是一副看上去不太好的样子。我跟他说，自己在病房窗口坐着时，觉得那座小楼像蜷缩在高楼脚下的小盒子。经过一段漫不经心的前戏后，我开始切入正题。

"那家里好像住着一个年轻的女孩子吧？"

我话音刚落，老板就露出了一个阴沉沉的笑容，一副"我就知道"的样子。

"对啊,她叫小理。"

他满不在乎地说道。

"小理?"

"嗯,全名叫理津子,经常到店里来。"

"哦,理津子啊……"

原来她叫小池理津子。

"是大学生吗?"

"嗯,好像在上大学。"

"几年级了?"

"不知道,不是大三就是大四,具体不清楚。"

若是大三,她就比我大一岁,大四的话则比我大两岁——如果她入学前没有复读过的话。

"她在哪里上大学啊?"

"不知道,这我没听她说过。毕竟我是今年年初才开业的。"

难怪店里的装饰都是崭新的。

关于理津子,老板似乎就知道这么多了。看他那样子也不像在撒谎,不过当我问到关于山谷之家的事情时,他的脸色突然变了。

"理津子的父亲也来过这家店吗?"

我回想起那天晚上完全无视给他撑伞的司机,一脸凶相地从奔驰车里走下来的银发老人。

老板听到这里,瞬间换了一副警惕的表情看着我,然后说:"不,他没来过这里。"

"那你知道他是做什么工作的吗？"

我又问。

"这……我其实也不太清楚……"

老板慎重地起了个头。

"听说啊，他可是个了不起的人物呢，据说是个什么兴业的社长还是会长来着。"

"什么兴业？"

"好像叫 N 兴业，是个做不动产相关事业的公司。"

"哦……"

我点了点头。这样说来，小池理津子就是有钱人家的大小姐了。我愈发觉得她变成了遥不可及的存在。

"那她肯定很寂寞吧？"

我漫不经心地说着，没承想却让老板吃了一惊。

"她怎么会寂寞了？"

老板反问道。

"没什么，前几天那里不是举行了葬礼吗？"

我回答道。

"对啊，你怎么知道的？"

他又问。

"老板，你听到过那家主人脾气暴躁的传言吗？时不时还会对妻子和女儿大打出手之类的。"

我继续装作漫不经心地问道。

"啊？你说什么？"

老板开始装傻了。

"没什么，我就是偶尔听到了这样的传言而已。"

"是吗？嗯，我确实也听到过类似的传言。"

他小心翼翼地回答道。

之后无论我问什么问题，他都用嘶哑的声音一直说着"不知道，不知道"。

在我看来，他肯定知道些什么。按照我的猜想，他一定不知从哪儿听到了一些隐情，只是考虑到我是个陌生人，不便轻易透露而已。

毕竟人家也是做生意的，乱说话会坏事，这一点我十分理解。更何况，仅凭他的反应，我就对自己的推理更加自信了。我又回想起那个雨夜，一个人在工地拼命掘土的小池理津子那孤独的身影。

之后又过了两周，医生把我的石膏拆了。很快，我得到了出院许可。

那两周时间里，我依旧一天不落地光顾"R"。遗憾的是，我依旧没能见到小池理津子。

我带着终于能够自由活动的身体，把仅有的几件行李收拾了一番，便出门到小池理津子经常光顾的 K 蛋糕屋，买了两个奶油蛋糕回到病房。把蛋糕送给与我同居了两个月的老人后，我便乘上电车，回到了位于蒲田的简陋出租公寓。

已经是七月二十日了，周围一派夏日景致。我只是在路上走着，汗水就顺着鬓角流了下来。

第二章 跟踪

1

　　打开房门,一股恶臭扑鼻而来,与之一同迎接我的,是让人气闷的热浪。

　　好久没回公寓了。屋里的摆设自然与我上回出门时一样,厨房的水池边还堆着吃剩的方便面盒,此时已经腐烂得不堪入目了。

　　窗帘一直敞开着,午后毒辣的阳光照射在榻榻米上。这才过了两个月,榻榻米已经被晒得一片焦黄。

　　我赶紧把窗户打开,外面的噪声伴随着热风涌入室内。那阵风穿过高楼的间隙,轻抚过融化的沥青地面,吹在我脸上时已经变得闷热不堪了,但即便如此,这也比沤了两个月的腐臭味要好得多。

　　榻榻米上那还没来得及合上的摩托车题材的小说迎风招展

着，我记得自己就是读这本小说读到一半，决定出去来个深夜飙车，才遇上事故的。

我坐到窗台上。这间屋子在公寓一楼，旁边就是一圈树篱。外面人来人往，知了在树上闷声叫着。我呆呆地听着外面的声音，脑海里首先想到的，既不是向房东报告我出院的消息，也不是已经变成一堆废铁的爱车，更不是大学里落下的课程，而是山谷之家的小池理津子。

我站起来，回到门前，只见玄关处躺着一张明信片。当然，那上面写的正是我的姓名和住址，只是没有寄信人的名称。我把明信片翻过来，上面赫然写着这样一段文字：

　　你看到的事情，不要告诉任何人。太危险了，要注意！

哈？我瞬间一愣。这并不是井上的字迹。因为我此前认为，井上应该会替我保守秘密，便把那个雨夜的事情稍微透露了一些给他。当然，那时候我并未向他提起过山谷之家的女孩。

这到底是谁？为什么要这样做呢？那个人究竟是怎么知道我家住址的？我渐渐害怕起来。若这张明信片真的是对我发出的警告，那岂不是就意味着我不得不放弃理津子了吗？

那之后整整一个星期，我都窝在宿舍里试探着自己的心意。若能就此忘记小池理津子，那便无所谓了。

只是，我的症状好像比自己想象中的还要严重三倍。当时，我房间里有一台小小的黑白电视机。每当我盯着电视里的外国女主角时，对方的一张侧脸，一个无心的动作，都会突然让我联想到她的面容。那幻觉是如此逼真，让我感到无所适从。

每每看到那样的白日梦，我的心脏就会如同挣扎在狂风巨浪里的小舟一般经历着一场骇人的颠簸。面对从未有过的激烈感情，我完全无法应对，有时甚至会热泪盈眶。

在我的内心世界中，出现了一个如同黏膜般敏感而脆弱的地方。那对我来说简直如同常年渗透着鲜血的伤口，就连一阵微风，也能把我惊得跳起来。若有人用指尖稍一触碰，我可能马上就会痛得泪流满面。我不禁感叹，所谓的青春，竟会如此脆弱。

青春，其实与伤口相似。青春的脆弱、青春的唯美，都与伤口长出新皮肤时的生理感觉有着相似之处。

由于在摩托车上投入了自己的全部财产，我宿舍里连台电风扇都置办不起。因此，在外面艳阳高照的时候，待在房间里显然不是明智的选择。

我每天辗转于蒲田的咖啡厅，某日觉得自己已经把附近的店都光顾遍了，就坐上电车，不知不觉晃到了品川站，呆立在站前。

不一会儿，我便迈着梦游症患者一般迷离的脚步，走在了前往山谷之家的路上。来到那个熟悉的商店街，面前耸立着一栋正在施工的大楼。那就是品川外科医院的新住院大楼。

大楼还不是很高。这巨大的水泥块已经比我离开时蹿高了四层楼之多。而我之前住过的那栋住院楼，现在只能露出一个头来了。相信那一小块地方很快也会被遮住吧。我想起了与我同居两个月的病友，那老人如今应该还待在那里。

慢慢地，我又看到了小池理津子经常光顾的 K 蛋糕屋、书店，以及 R 咖啡厅。

就在此时，一直晴朗无比的天空骤然笼罩了一层阴霾。原来是一大片云遮住了太阳。与此同时，就像天启一般，眼前的服装店里走出了一名似曾相识的妇人，那正是女孩的母亲。她母亲来到没有了阳光直射，显得异常静谧的街道上，缓缓走向家门。

山谷之家的庭院树，以及面向街道的围墙出现在了我的视野里。

我发现了一件不可思议的事情。为什么之前完全没有察觉到呢？这里竟然听不到知了的叫声。山谷之家明明被绿荫包围着，却没有半点蝉鸣。

带着湿气的风吹了起来，很快就要日落了。不可思议的是，这时的街道上竟没有一个行人。什么声音也没有，连时间也静止了。

突然，我背后传来了啪嗒啪嗒的脚步声。一个人快步与我擦肩而过。

眼前出现了飘舞在空中的卷发，紧接着是一股醉人的香气。

一名女性穿着一身剪裁优雅、质地清凉的连衣裙，对走在我前面的妇人叫了一声："妈妈。"

我茫然地盯着她摇曳的裙摆，以及裙摆下伸出的线条优美的小腿肚，和用一种近乎残忍的方式环绕在她纤细脚踝上的凉鞋带。

我前方的妇人停了下来，小池理津子也放慢了追赶的步伐。

此时，我已飞快地做好心理准备，用自以为自然的方式依旧大步向前走着。因为两人已经停了下来，我一下就超过了她们。

在与二人擦身而过时，我鼓起勇气朝小池理津子看了一眼。她的侧脸，就在离我一米开外的地方。

桃粉色的脸颊，梦幻般的美貌。我忍不住深吸了一口气——多么美的人儿呀！

那张语气近乎威胁的明信片，恐惧与破灭的预感，在理津子面前，一切都退去了颜色，变得没有任何意义。我果然还是无法忘记她。

她轻启形状姣好的双唇说道：

"明天早上八点就得出门呢。"

女孩对母亲说的这句话，也清楚地传到了我的耳际。

2

六点，我睁开了眼睛。其后，伴随着远处传来的蝉鸣，我在床上挣扎了三十分钟。最后，我还是从床上跳了起来。

在几乎还没有行人的品川站下车，我穿过了到处都散落着废报纸的商店街，接着又路过山谷之家门前，来到医院的工地，颓然地靠在了金属围墙上。

七点半。这里依旧听不到蝉鸣。十分钟过去了，二十分钟过去了。我依旧呆立着，周围渐渐出现了赶去上班的人，开始只是寥寥数人，但马上便拥出来一大群，覆盖了整条街道。

他们转过医院的拐角，消失在了车站的方向。我靠在围墙上，看着人数无限上升，内心不禁泛起一阵恐惧。

不知哪位有心人清晨起来泼了水，山谷之家门前的沥青路上湿漉漉的。不知不觉间，水洼开始反射朝阳。那炫目的光，遭到了无数上班族的践踏。

我茫然地盯着那片水光，似乎还身处梦中，无法相信自己已经来到了这里。

说起来实在突然，只见小池理津子再自然不过地从山谷之家的红砖围墙里走了出来，随后便融入了上班的人潮中。因为她的行动实在过于自然，我险些就错过了。

她今天穿的是白色的麻制套装。看到她目不斜视地径直向车站走去，我便也离开金属围墙跟了上去。方才还让我心生恐惧的人海，如今成了我尾随理津子的最佳伪装。就算我紧紧跟在与她只有一臂之隔的后方，人群也给了我充分的安全保障。

国电①的高峰时段非常吓人。她身着夏款套装的背部几乎能碰到我的鼻尖，周围的人群蒸腾出阵阵热气，让我难以忍受。一想到她的身体如今正与除我之外的异性紧密贴合，我浑身的血液就会因忌妒而沸腾起来。

电车到了有乐町站，理津子顺着大量拥出的人群下到了站台上。当然，我也紧随其后。站台上拥挤不堪，我甚至看不到一寸地面。

这种情况在出了检票口后也丝毫没有得到改善。随着我们渐渐远离车站，过了好一会儿，我才终于看到了自己的双脚。

我还是第一次胆敢在这样的高峰时段来到银座。混在一大群

---

①国电是指由"日本国有铁道（JR）"运营的电气列车。

白领中间,我不得不用尽浑身解数,让自己的目光锁定在小池理津子的背上。

就在此时,我突然听到了一个不可思议的声音——

"太危险了,快回去。"

我听得真切,就是这样一句话。

受到如此惊吓,我不禁停住了脚步。是幻觉吗?我如此怀疑,又重新竖起耳朵倾听,但周围传来的只有杂乱的脚步声而已。

我一动不动地听着,那些脚步声突然有如惊涛般高昂起来,无限膨胀开去。惊惶占据了我的大脑,让我产生了想捂住耳朵的冲动。

继续等待,声音却不再响起。我的视线回到前方,理津子的背影已经行至远处。我连忙拨开人群,奋力向前追赶。

经过日剧[①]门前,又走过右首边的索尼大楼,越过四丁目的十字路口,我们向左拐了个弯。她大步走在银座大道上。不一会儿,就看到了高速公路[②]。我们穿过高架桥,又经过了当时还矗立在一旁的东京剧院[③]。

我们在京桥警察署的拐角向右转,没走两步又向左转了个弯。沿着一排破旧的楼房向前走,行至此处,我们已经远离了上班的人潮。小池理津子突然走进了一座旧楼房的入口。见她的身影消失在楼里,我也赶紧跑了进去。

[①] 全称为日本剧场,是有乐町的地标之一。
[②] 此处是指横亘在银座和有乐町之间的东京高速公路。
[③] 东京剧院于一九五五年开业,一九八一年十月闭馆,第一部上映的影片为《七年之痒》(*The Seven Year Itch*),最后一部影片为《天堂之门》(*Heaven's Gate*)。

门厅尽头的电梯门正要关闭。里面似乎站着不少人,我还在人群中央瞥到了小池理津子白色的背影。

我毅然在走廊上甩开步子飞奔①,一边冲向电梯门,一边盯着不断上升的数字。电梯在三楼停下了,其后再没有继续上升。我按下按钮,数字开始降下来。

我急忙跑回门口,查看入驻这栋楼的公司名称。位于三楼的只有一家公司,叫"关东调研中心"。

我心想,那究竟是什么样的公司呢?在我得出答案前,公司名牌旁边张贴的布告就吸引了我的注意力。一张白纸上,用马克笔写着如下内容:

招募兼职成员,主要负责问卷调查。关东调研中心。电话:(五七一)XXXX。

再看走廊另一头,电梯门已经打开了。不知何时等在电梯前的三名男女陆续进入其中。我再次甩开步子冲了进去。一名女性动作比我更快,她按下了三楼的按钮。

走出电梯,隔着走廊有一扇老旧的木门。门上嵌着一块磨砂玻璃,上面贴着"关东调研中心"几个金字。

古旧的大楼,铺着旧地毯的走廊,这里静得如同医院的病房。与我同乘电梯的人们毫不迟疑地打开那扇门走了进去,于是我也紧随其后。只见门后已经坐满了学生和貌似家庭主妇的女性。我

---

①对日本人来说,在走廊上跑步是一件非常没有教养的事。

马上开始搜索小池理津子的身影，但没有找到。

入口旁摆放着一张办公桌，坐在桌后的年轻女性抬头看着我说："你好？"我慌忙四处张望，只见与我同乘电梯的那三个人已经混入了人群中。

"我在楼下看到你们招募兼职的广告了……"

我对那位年轻女性说道。小池理津子肯定是走进了这家公司，那么，只要我成为这家公司的兼职员工，必定有机会遇到她。

"有人介绍你来吗？"

身穿制服的女性向我询问。我做出了否定的回答。

"你是学生吗？"

我说是，她便让我出示学生证。我从牛仔裤的后袋里掏出学生证递了过去。趁她拿着我的学生证忙于填写资料时，我茫然地四处张望着。

就在那一刻，房间深处的门被打开，小池理津子出现了。我屏住了呼吸。她跟一名看上去三十出头的男性员工走在一起。他一边向理津子展示我们这帮兼职人员，一边对她做着说明。她也热心地点着头。随后那扇门再次被开启，两人消失在另一个房间中。

看样子，她今天应该是第一天上班，但不管怎么说，她受到的待遇明显比我们要好。即便如此，我一想到自己马上就能与她共事，便高兴得不得了。

"请你到那边去坐，稍等片刻。"

眼前的女性突然开口说话，并把学生证递还给我。我接过学生证，放回口袋里。

"针对调查员的说明会将在九点半开始。"

看来我轻易便被录取了。在学生时代确实有这么个不可思议的好处，那就是仅凭学生这一身份便能保证自己并非可疑分子了。

3

　　学生和主妇的人数越来越多,本来就不大的房间变得更加拥挤了。到了九点半,我们一群人像鸭子一样被赶到了隔壁的会议室。打开门一看,只见会议室里排满了折叠椅,正面还有一块黑板。

　　我暗自期待小池理津子也会进来,拼命寻找着她的身影。但她却再也没出现过。

　　我在椅子间穿行,来到第五列的中间坐下。这会议室其实挺宽敞,但摆得满满的椅子还是很快被学生和主妇们填满了。我坐的地方还算比较靠前。

　　我静静等待着,不一会儿,便有一名三十岁左右、西装笔挺的男人走了进来。他向我们打过招呼后,就开始派发一本薄薄的小册子和一个壁挂式的牙刷套装。待东西发到每个人手里后,他便开始用熟练的口吻进行讲解。

直到此时，我才开始思考自己应聘的到底是个什么工作。听那人的说明，我马上就要展开的工作，似乎是当问卷调查员。至于问卷的内容，则是对东京都居民的民意调查。

"这是东京都厅设计的调查问卷。"站在黑板前的男人解释道。我开始哗啦哗啦地翻看膝上那本小册子。

都厅提出的调查问题多达四页纸。每个问题设有三个选项，调查员只需在调查对象选择的答案上画个圈就好。但我转念又想，突然给别人塞去这么一本材料，让他回答上面的所有问题，很可能会吃闭门羹。

"我们选择的调查对象，都是从东京都的居民登记簿中随机筛选出来的，为了保证调查的准确性，还专门强调了职业、地域和年龄层的平衡。因此，此次的调查必须以被选出的个体为对象，而非该个体所属的家庭。请各位务必要准确理解这一点。

"因此，我们原则上必须与名单上的人面对面接触，由你们念出问题，让对方亲自作答，然后再由各位在答案上打圈。若本人不在，其亲属或朋友提出代为作答，你们也不要答应。明白了吗？

"不过，如果对方实在抽不出时间，让你先把问卷留下的话，那也没办法，你们可以第二天再去把答案取回来。当然，在那种情况下务必要提醒当事人，让他亲自回答。

"不过这种情况，原则上我们必须尽量避免，因为那不能保证是指定的当事人做出的回答。这样一来，调查结果的准确性就得不到保证了。"

听着男人的说明，我的心情渐渐沉重起来。设想一个素不相识的陌生人突然敲响自己家的门，塞过来一份冗长的调查问卷要自己回答，人们究竟会不会轻易答应呢？

"现在，我先给在场的每一位成员派发三十个住址和名称。请各位借助地图找到自己负责的区域和个人，并一一收集他们的回答。至于地图，请各位自己到书店去购买，费用可以由本公司报销。

"另外，因为这并不是强制性的调查，若遭到对方拒绝，就不必再纠缠下去了。只是我们为了得到更加准确的数据，必须用到他们的回答，因此请各位多加努力，说服调查对象。我们会根据各位所获得的答卷份数来发放薪酬，因此赚多赚少全在各位自己的努力了。请加油吧！

"还有，刚才分发给各位的壁挂式牙刷套装是送给调查对象的礼物。

"就这样了，还有别的问题吗？没有的话，我就开始向各位分发三十人份的礼品和调查问卷……"

装有三十份牙刷套装和调查问卷的纸袋很重。除我之外，大家好像都是三五成群来做这个兼职的。最后，我一个人提着那个沉重的纸袋，离开了位于京桥的那座楼房。我被分配到了葛饰区的龟有。乘坐常盘线在龟有站下车，我首先到站前的书店买了本地图，随后便坐进咖啡厅，点了份午餐，展开地图查看那三十个人的住址。

离开咖啡厅，我走在路上，好奇地想着小池理津子如今正在做什么。她现在是否也提着一个沉重的纸袋，走在东京的某个角落里呢？

即使是比较合作的家庭，在听我说完造访目的后，也多数会让我把调查问卷留下走人。公司虽然让我们尽量避免这种情况，但我毕竟一开始就动机不纯，所以每次都会大喜过望地把问卷留下。

要找到名单上指定的住所也是非常辛苦的事。我负责的这一带属于老城区，大量低矮的住房挤在一起，极少遇到高层公寓或普通出租屋，就算我千辛万苦找到了正确的地址，多数时候也不知该绕到哪条小路里才能找到大门。

第一天，我满头大汗造访的那几家人都称不上是富裕人家。我不断从这条小路拐到那条小路，千辛万苦地找到正确的入口，打开破旧的玻璃拉门，通常都会看到一个宽敞的土间①，而那家的主妇则在一个黑暗的角落里踩着缝纫机。

不过有趣的是，即使是这样穷酸的家庭，甚至是更加简陋低矮的棚屋里的居民，只要他们守着这么一间所谓的独栋，在被问到是否希望在这里度过一辈子时，全都会选择肯定的回答。我之所以知道这一点，是因为调查问卷中就有这么一个问题。

与之相反，公寓组，包括居住在设有电梯的高级公寓里的居民，都会选择"这里只是我攒够首付之前暂定的住所"这一回答。

---

①土间是指传统的日本建筑进门后用砂土铺就的空间，相当于房屋外部与内部的过渡地带，通常被用作厨房、换鞋处，以及干脏活的地方，再往里走才是铺着地板或榻榻米的房间。

工作进行到第三天，我已经习惯了不少，甚至开始像都厅的居住环境问题办公室的负责人一样，对东京市民的居住偏见产生了忧虑。

问卷中的问题大抵如下：

你为何会选择现在的住所呢？

这个选择体现了你自身的意志吗？

你会在现在的住所中度过一生吗？

退休后有计划离开东京吗？

若政府在你居所附近筹划建设垃圾处理厂，你会表示反对吗？

面对被调查者的回答，我不禁疑惑不已。针对第一个问题，公寓、出租屋一组大多数情况下都会选择交通便利和经济方面的理由等选项，独栋组则会回答因为上一辈就住在这里；至于第三个问题，回答是的只有独栋组而已。

问题是，在被问到退休后是否有计划离开东京时，独栋组自然不必说，就连绝大多数的公寓组都会回答不打算离开。大部分回答离开与否都无所谓的人都是非东京出身，而大部分回答不想离开的也都是非东京出身。

这样得出的结论就是，他们都想在东京这个地方有个独门独户的家。若要满足所有人的这一需求，东京就会变得像这片老城区一样，到处挤满了低矮的独栋小楼，拥挤得甚至无法建造像样的庭院和道路，而且里面的居民一辈子都不会离开那里，甚至连他们的后代，也都会选择在那个低矮狭窄的地方死去。

这究竟是什么样的集体幻想啊。这种问题在现实中根本不具备可解决性。东京人口这么多，不把住宅向纵向发展，是绝对无法容下所有人的。可是，他们却始终坚信，只要自己拼死拼活地努力，总有一天，只有自己，能在东京这个地方建起一个独门独户的小家。

这是平静却强烈的竞争意识。他们都坚信自己总有一天会出人头地。这些人对独门独户的执念竟能强烈至此。不过，日本之所以能够完成高度经济增长，恐怕也多亏了他们的这种臆想吧。

但话又说回来，若公寓组迟迟不放弃"这里只是暂时住所"这一想法，那东京公寓的墙壁恐怕会一直都薄得令人发指吧。这又会促使住进那些鸽子笼的新住户们萌发"这里只是暂时住所"的想法。而窝在低矮的铁皮屋檐下的独栋住户们，也会继续看着自家附近的高层公寓，油然生出一股优越感来吧。遭到独栋组的轻蔑，公寓组又会更加努力，争取早一刻建起自己独门独户的家，离开那"暂时的住所"——这无疑是恶性循环。

不过还有另外一个有趣的现象。即使是回答"这里是暂时住所"的受访者，一旦遇到"是否能接受附近建设垃圾处理厂"这个问题时，也会坚决反对。一名住在公司宿舍里的男性在听到我这个问题后，甚至马上变脸，冲上前来逼问我是否真的存在这么一个计划。当然，我无法回答他的问题。

误打误撞找到的这个兼职，却意外地让我思考了很多。平日里看起来气氛和睦，街坊邻里和乐融融的东京，只需拉开玄关的那扇玻璃门，就能发现各种各样的利己主义。强烈的竞争意识、自恋情绪、自卫本能、排他心理、对独门独户的执着，各种危险的感情都在表面的平静之下维持着微妙的平衡，而这，似乎才是真实的东京。

4

收回调查问卷后，必须请调查对象们在名单上盖章作为证据，之后我们就可以把调查问卷与名单一同带到公司接受检查。如果没有问题，公司就会接收。这在第一天的说明会上都提到了。

至于我，由于在大多数调查对象那里都采取了第二天再来取的方式，因此，我初次到关东调研中心提交结果时，已经是四天后了。

我完全不知道该到哪里、怎么样接受检查，因此进入公司后，第一件事就是找到附近的一个女职员询问。

"请你到那间会议室里去。"

她把右边的一扇门指给我，用非常职业化的语言说道。我表示明白了，随后便推开她指给我的那扇门。那是第一天我们听说明会的地方。折叠椅已经被收拾到了一个角落,会议室正中央排着三列长长的队伍。我想也没想就排到了离自己最近的那列队伍后面。他们应该是排队等候这里的职员对他们的成果一一进行检查吧。我看了看队伍最前端,只见一名貌似职员的男性坐在椅子上,正挥动红色铅笔写着什么。

既然队伍排了三列,那应该也有三名职员在检查调查问卷。于是我便漫不经心地把视线移到了别的队伍前方。怎知,在那里迎接我的却是巨大的冲击。

我之前完全没有预料到这一点。三列队伍的最前端摆放着三张桌子,三名职员坐在那里检查我们的成果。桌子前方还摆着另一张椅子,兼职人员在轮到自己后便坐到椅子上,递出自己带来的调查结果,这应该就是全部的流程。

中间和左边的检查员都是男性,只有右边的是女性,而且,还是个漂亮的女性。只见她低垂着双眼,脸颊和唇际都荡漾着微笑,一边与兼职学生进行简单的交谈,一边挥动着红色铅笔。我险些要怀疑自己的眼睛了。因为,那名女性正是小池理津子。

我浑身都僵硬了,似乎已经陷入了严重的迷茫状态中。绝佳的机会就摆在我面前,而且是不经意间出现的。我感觉喉咙干燥不已,双腿也在颤抖。如果换到她面前的队列里,只要世界不在这几分钟内迎来末日,再等待片刻,我就一定能跟她说上话了。这根本就是让人难以置信的奇迹啊。这时,背后的门被打开,又有一个兼职走了进来。就在那个瞬间,我飞快地换了队伍。若刚才进来的那个人排到了理津子的队伍后,我再移动就显得非常可疑了。

　　排在我前面的那两个兼职学生似乎是朋友。"你带了几个人的来？"其中一个人问道。另一个人回答："二十三人。"提问那个人又说："真的吗？你可真够努力的，我才带了十六个人的过来。"

　　我顿时感到血液逃离了我的大脑。因为花了整整三天时间，我的收获仅有八份答卷而已。早知道是理津子负责检查，我就该更拼命些的。

　　我和理津子之间的距离变成了三个人，而我，终于站到了离她仅有一米的地方。但即便如此，我还是无法相信，自己竟然马上就能跟她搭话了。与她面对面坐着直接交谈，这样的场景我无论如何都无法想象。也可能是因为此前很长一段时间，我都只能透过望远镜来憧憬她吧。在我心中，她如同倒映在显像管里的女演员一样。显像管里的女明星是不可能跟自己说话的。

　　我们之间终于只剩下一个人了。与我隔着一个人的学生从椅子上站起来，而我面前的那个学生又在理津子面前坐下。我顺着他的动作前进了两步。

　　这样一来，她的声音也变得无比清晰。

　　"你的答卷做得非常整洁呢。"

　　她的声音就在我眼皮底下响起。虽然之前，我在品川听过她的声音，但脑中还是跳出了这么一个想法——她的声音原来那么尖细啊。那是尖细而温柔的嗓音。

　　小池理津子正在检查我前面那个男生交出的调查结果，只见她用红色铅笔在问卷上点算着。我盯着她的手,脑中一片空白。

一本接着一本,终于检查到最后一份答卷了。不一会儿,那份答卷也检查完了。轮到我了!

我由于过度兴奋而丧失了自我。轮到我了,终于轮到我了,这句话占据了我整个脑海,不知不觉间,我突然向前探出了身子。完全忘记了我前面还坐着刚才那个学生。在那个瞬间,他站了起来,而我的下巴正好突了出去。

他的脑袋狠狠撞上了我的下巴,我痛得大叫一声。与此同时,我紧紧捏在手上、被汗水浸湿了的八份调查问卷如同天女散花般掉落在地板上。

我彻底慌了手脚,甚至忘记了下巴的剧痛,一心只想着赶紧把地上的问卷捡起来。

而莫名其妙地撞到我下巴的那个男生似乎也有些慌乱,并因此采取了让人无法理解的行动。他伸出右脚试图支撑摇晃的身体,却以一个绝妙得不能再绝妙的时机,准确地踩到了我专心捡拾调查问卷的右手背。

我再次因为剧痛大叫出声。当然,整个会议室的人都已经把目光聚焦在了我身上。那个用全部体重一脚踩到我右手的学生,在听到我的悲鸣后也终于回过神来,慌慌张张地向我道歉。就在此时——

"不要太紧张哦。"

一个清澈的女声在我头上响起。那是小池理津子发出的,有史以来第一次,针对我个人的声音。听到她的声音,我瞬间忘记了下巴和手背的剧痛,以及被自己制造的这场闹剧所伤害的自尊,跪在地上抬起头,看向桌子后面的她。

小池理津子此时正压低声音笑得花枝乱颤,不时还伸手挡住从唇际露出的贝齿。

我在不安、疼痛、羞耻,以及狂喜中捡起自己贫乏的收获——那八本小册子,同时,一边在脑中命令自己要冷静再冷静,一边将小册子放在了她眼前的桌子上。放好后我才发现,最上面那本小册子竟被踩上了半个黑黑的鞋印。若把我依旧隐隐作痛的手放上去,就能拼成一个完整的皮鞋印子了。

"啊,这封面……"

我拼命挤出几个字,又哑口无言了。

"被弄脏了呢。"

理津子拼命忍着笑,对我如此说道。

"不过只是封面而已,里面没问题的。"

这样说着,她把那八本小册子拉到自己面前,一一整理好。

"只有这些了吗?"

说话间,她那长着双眼皮的眼睛直直盯着我。我一下就精神错乱了,现在想来真是够可怜的。总之我愣在当场,T恤下面瞬间流出了好几道汗水。

"呃,是的,那个,是不是有点……有点少了啊。"

我鼓足了勇气,才总算说出这么一句支离破碎的话。

"这个嘛,确实有点少了。那么我们开始吧。"

她翻开第一页,拿起红铅笔,开始逐行检查有无遗漏。

她的表情就在离我五十厘米远的地方展开。我一动不动地盯着她栗色的卷发和美丽的双眼皮。那一切,都在我触手可及的地方。真是个奇迹!

想必我那时看得都出神了吧。近在眼前的理津子比望远镜里的她要美上千百倍,看起来更加开朗,更加善解人意。在我看来,她无疑是个完美无瑕的女性。

突然,我眼前浮现出那个雨夜,以及伏在工地上的她。

我的神经都冻结了。

"你还好吗?"

耳边传来她的声音。我的神经开始从那个雨声淅淅沥沥的深渊迅速上浮,很快,便与这充满朝气的现实同步了。

"啊,是的。"

我回答。

她用红铅笔指着一个点,看着我不动。

"这道问题的答案究竟是哪个呢?"

我仔细一看,只见答案 2 和 3 上面都画了圈。我马上陷入了极度的紧张情绪中。

"我看看,这个嘛……咦,这也太奇怪了……"

我屁股离开座椅,身子探了出去,瞬间感觉到了她身上的化妆品香味。

"这个是……嗯,是田村先生的答卷。"

她看了看封面,对我说道。

"住在公寓里,现年十八岁,应该是个学生吧……"

经她这么一说，我马上想起来了。

"啊，对了！我想起来了。那个问题的答案是铅笔笔迹较深的那一边。因为当时马上就改过来了，所以我打算全部问完之后再擦掉错误的回答，结果就给忘了。"

可能是因为我的说话方式太过紧张吧，小池理津子又笑了起来。看来，我这个小丑角色已经被命运的设计师逐渐定格下来了。在好不容易第一次跟理津子说上话的这个日子里，我却倒霉得够呛。

调查结果检查结束后，我走出了公司，此时已经是午饭时间。我因为独自前来，并无朋友陪同，自然也没有一起吃饭的伙伴。本打算一个人找家店凑合凑合，但想到银座这个地段的拥挤程度，我的心情不禁沉重起来。

我来到东京剧院和银座大道对面的沿街长椅上坐下，呆呆地看着《2001太空漫游》的宣传广告。

我并不是为了欣赏广告才坐下的，只是觉得若一直坐在这里，说不定能等到理津子出来吃午饭。

当然，我也可能见不到她，因为她完全有可能绕到某个小巷子里去吃。不过，她到这边来的概率也是蛮大的，毕竟这边的饭店明显更多。同时我又想，若她真的到这边来了，我就要跟着她进同一家店，说不定还有机会假装偶遇，跟她说上几句话呢。毕竟我不久前才在她面前上演了一出爆笑喜剧，她应该不会忘记我的长相。

我的阴谋成功了一半，因为理津子绕过了京桥警察署的拐角，出现在了我的视野里。但为什么说只成功了一半呢，那是因为第一天给我们开说明会的那个男性员工也跟她一起出现了。

我大失所望地站起来，隔着马路往两人前进的方向追过去。

不过，他们俩的样子就算再怎么大胆猜测，也不像是一对恋人。因为那名男性几乎跟理津子差不多高，年龄也相差得有点大。

两人此时若向左转，我就得冒点生命危险横穿机动车道追过去了，所幸的是，我没必要冒那个险。因为两人已经站定，开始等待红绿灯了。

他们过了马路后，又绕过了几条小巷子，最后走进了一家名叫"O"的茶餐厅。那里竟意外地没什么人。我在外面等了一会儿也跟了进去，坐在收银台旁边的一张小桌边，一边眺望着两人谈笑的样子，一边点了份杂烩饭。

调研中心的员工非常热心地跟理津子搭话。他此时的态度比给我们开说明会的时候好了三倍多，理津子也并未表现出不快的情绪。不过，两个人看起来还是一点儿也不像恋人。我不禁松了一口气。

可是，我转念又想，理津子为何会在那种调研中心就职呢？不，或许她还没正式入职，但看起来却也不像我们这些毫无价值的兼职人员。这样一来，搞不好她是那个男的介绍进来的。若真如此，那她跟那男人的关系就不可谓不密切了。

不一会儿，两人站了起来，走到收银台边，似乎准备结账。我赶紧望向另外一边，紧张地屏住呼吸。用眼角偷偷一瞥，那男人装模作样地挡住了理津子正准备掏出钱包的手。

男人付钱的时候,她就站在我身边,接着,不出意外地,她认出了我。

"咦?"

理津子说道。她的声音好开朗。

"啊,你、你好,刚才真是……"

我回答道。这时男人刚好结完账,也向我看了过来。我发现,他瞬间皱起了眉头。或许他只是想制造出兼职学生和管理层之间会面的气氛吧。

男人催促理津子,两人迅速离开了茶餐厅。理津子虽然紧随其后,中途却停下了脚步,朝我回过头来说:

"再见。"

那短短的两个字,让我感受到了天堂般的幸福。之后的一小时,我都一动不动地坐在椅子上,细细咀嚼那种幸福感。

5

第二天,我没有到关东调研中心去,但午饭时间却去了O餐厅。因为我心怀侥幸,觉得理津子搞不好还会到这里来吃午饭。

果然,我的预感正中目标。就在十二点二十分,小池理津子推开了O餐厅的玻璃门。我是个多么幸运的人儿呀,今天她竟然是一个人来的。只见她在店内转了转,选了个比较靠里面的、与我离得有些远的座位坐下了。

我勇敢地拿起水杯和点餐票,马上展开了行动。这是我昨天晚上就想好的办法。万一她一个人出现在店里,我就要马上拿着水杯跑到她的座位上去。之所以要下这样的决心,是因为我知道自己的性格,哪怕是瞬间的犹豫,也会让我再也不能将想法付诸行动。

"小池小姐。"

我突然招呼道。她发现我知道她的名字，必定会陷入暂时的混乱，这一点也在我的计算之中。

"在。"

她反射性地回答了一句后，又发出了高声的惊叫。

"哎呀！"

只不过，那张笑脸无疑是看到喜剧演员时露出的表情。这个事实让我稍微有些心凉。

"你一个人吗？"

我又问。

"嗯，一个人。"

她理所当然地回答。

"那我能坐你对面吗？还是说昨天那个人等会儿也要来呢？要是这样，我就坐到另一边去。"

我必须像个小丑的样子，用戏谑的话语掩饰自己的真实目的。

"呀，无所谓啦。没事的，请坐吧。"

小池理津子把自己的水杯拿到身边。于是，我就慢悠悠地在她面前的椅子上坐了下来。我的膝盖在微微颤抖，因为我在品川医院做的许多白日梦，如今正一一变成现实。此时此刻，我感觉自己像个从远方跋山涉水，总算来到目的地的旅人。

或许，这正是我该回避的事实。因为我用右手肘夹着的点餐票突然掉到了地上。

后来仔细想想，其实我没必要因为那点小事而乱了阵脚。但当时的我，却因为点餐票的掉落，觉得整个世界都要毁灭了，因此手忙脚乱地弯下身试图将其捡起来。只是我忘了，自己的左手还捧着一个装满水的杯子。因为是夏天，我每次走进茶餐厅，都会把服务员送上来的冰水一口气喝干，但偏偏只有那天，我一口也没喝。

拿着水杯弯腰捡东西，杯中的水自然会洒出来。于是，我杯中的水一半洒在了地板上，另一半则浇在了理津子面前的桌子上。

面对连我自己都无法相信的失态举动，我自然是不知所措了。

"啊，对不起！"

我发出悲鸣般的声音，慌忙修正杯子的角度。这样一来，杯中剩下的那三分之一冰水又准确地被泼在了我的T恤上。

观众并不只有小池理津子一个人。就算是保守估计，店里也有三分之一的客人在欣赏我这可怜的丑角舍身上演的这场闹剧。我当时恐怕已经连耳垂都因为羞愧而变得通红了，一心只想对观众们说句"且待下回分解"，赶紧灰溜溜地退回自己原来的座位上。但是，当我见到理津子因为大笑而无法说话，正拼命把自己面前的椅子指给我看时，我只好厚着脸皮坐了下去。

当然，我们好一会儿都没能正常地对话。因为我必须忍耐着周围的视线，耐心等候小池理津子笑够了再说。如此这般，我只好一动不动地盯着理津子那一头栗色的秀发，在我面前不断摇晃着。

"对不起。"

过了好久，她才总算努力挤出了一句话。随后她从包里掏出手帕，将笑出来的眼泪擦掉。事到如今，我的角色已经被定格了。只要拿出刚才那样的绝佳演技，无论多么挑剔的制片人，都会马上敲定，与理津子对戏的丑角就应该是这个青年了吧。

"我总能见到你呢。"

待呼吸平静之后，她说。虽说如此，她的脸还是涨得通红，只要有一点小刺激，肯定又会大笑起来。

"是啊。"

我用蚊子一般的声音回答道。同时心想，每次见面自己都能让理津子大笑不止。

"你经常来这家店吗？"

她问我。

"是啊。"

我回答。

"你也经常来吗？"

"嗯，因为这里很空。"

说完，她好像终于想起了自己十分在意的事情。

"话说回来，你是怎么知道我名字的呢？"

那真是个天真无邪的提问方式。而且，听她的语气似乎还期待着得到我爆笑的回答，因此我实在无法在这样的气氛下，将住院期间发生的事情告诉她。

当然，我早已预料到了她这个问题。并且是故意突然叫出她的名字，以期引出这个问题的。当时我的阴谋是，在被她问到原因时，故作神秘地反问："你觉得我是怎么知道的呢？"

只是，我的阴谋泡了汤。因为我竟然闹出了这么一场让我贻笑大方的丑剧，如今这个让整家店的客人爆笑不已的我，早已失去了说出那种男主角台词的资格。因此，我备受挫折，做出了非常一般的回答：

"因为大家都在谈论你的事情……"

"啊，你不是在骗我吧？"

她姑且用充满朝气的声音表示了惊讶，但对这样的回答却显得十分受用。

"他们都在谈论我什么？"

"其实也没什么啦……"

因为那是我随口撒的谎，想把话说圆了还真得费一番脑筋。毕竟我在那个公司一个熟人都没有，又怎么可能听到员工和兼职学生之间在谈论什么话题呢。

"快说，他们都在谈论我什么？"

她两眼发光，紧紧盯着我，嘴角已经准备好了满满的笑意。想必她又在期待着我会犯什么样的傻吧。

"呃，这个嘛。对了，有人说你跟昨天那个职员关系暧昧……"

我绞尽脑汁，又撒了个谎。不过这个谎属于摔一跤也得抓把沙的类型，我自认还是蛮巧妙的。因为自从昨天以后，我就迫切地想弄清楚这一点。

结果，她差点儿没一口水喷出来。

"啊，那算什么啊？！"

她大声说道。

"难道不是吗?"

"当然不是啦。"

她一边说一边笑。我立马安心了不少,这才终于有余裕跟她一起笑了。

"原来不是啊,嗯。"

我又说了一遍。

"你们是说户谷先生吧?那怎么可能啊?太讨厌了。"

她似乎对此感到好笑得不行。看着她,我突然开始考虑自己如今的处境。

虽然与想象有很大出入,但我好歹也跟山谷之家的女孩说上话了。不管怎么说,这对我来说都已经算是奢侈的事了。因此,我必须感谢老天给了我这样的运气。

"不过你刚才突然叫我的姓,真把我吓了一跳呢。"

理津子又说。

不仅是姓哦——我勉强吞下即将出口的这句话,只在心中回答。其实我知道你的一切。我知道你住在哪里,家里的房子是什么样的,还能马上说出你经常光顾的蛋糕屋,以及早上经常去的咖啡厅。我知道你家二楼的走廊被改造成了日光室,还知道你经常会穿着牛仔短裤和小背心在那里晒日光浴。我知道你母亲长什么样子,也知道父亲最近去世了。事实上,我真的知道你的一切。因为我甚至连那个雨夜,你去了医院工地的事都……

你一定不知道,我究竟有多么憧憬你吧。你也一定不知道,我为这隐秘的憧憬,内心是多么地焦虑吧。

让我伤心的是,她并没有问我的名字。对她来说,我的名字似乎并不属于她想得到的信息。想到这里,我突然决定冒险一次。

"其实,我知道你所有的事情哦。"

话一出口,我的心跳就乱了。

意外的是,她竟然对我报以爽朗的大笑。有这么一瞬间,我无法理解她的行为。但马上我就反应过来了,她一定把我的话当成了笑谈。这种情绪的落差实在过于巨大,以至于我的心一下落入了深渊。

"今天你没到公司来呢。"

她又用明朗的声音说。

"你等会儿要过来吗?"

我想到了一个她不问我姓名的理由。对她来说,我只是职场中众多部下的一员而已。我因为对她过于熟悉,便自己产生了某种错觉,认为她也应该很熟悉我才对。

"不,今天暂时不去。"

我回答。

"因为还没收集到很多调查结果。万一只拿一点点过去,我怕又会像上次一样,被你笑话了。所以……"

听到这里,她说:"我没有笑话你啊。反倒是你……"

说到一半,她又弯下身去,哧哧地笑了起来。想必她已经忍不住了吧,不得已,我只好呆呆地等她笑完。

"反倒是你,要当心一点,别再让人踩到手了啊。"

听她一说,我自己也忍不住笑了起来。

"对啊,那太疼了。"

我小声说着。与此同时,她看到我一脸沮丧的样子,更加笑得无法控制了。不管怎么说,我这个丑角实在是太尽职了。

"没事吧,现在还疼吗?"

"还好,虽然是重伤,不过我自愈能力超群。"

这时,服务员送来了她点的三明治和柠檬茶。

"你要不要吃点什么?"

她问我。我拒绝了,只是看着她吃东西。她那线条娇好的双唇在三明治上咬了一口,用微妙的动作咀嚼着,从脸颊到下巴的优美曲线也随之蠕动。双眼皮的大眼睛,长长的睫毛,这一切对我来说都像奇迹一般。为何这世上竟存在如此逆天的美貌呢?

这样就够了,我心想。眼前这个女性,是不用望远镜就无法企及的,远处于我双手范围之外的,纯粹的憧憬。而我如今竟能与这样的她进行交谈,人生至此已经毫无遗憾了。只要能当个她所认识的人,我已经太满足了。我不敢妄图高攀。

"你这样盯着我看,我可是会吃不下去的。"

她说。

"啊,对不起。"

我赶紧道歉。

"你是不是觉得我脸皮很厚?"

我试着问道。

"是吗?为什么要这样问呢?"

"毕竟我是主动贴到你这边来的。"

"怎么会呢？反正我自己一个人坐着也很无聊。"

说完，她又哧哧地笑了起来。她弯下腰，又像之前一样用右手遮住了嘴巴。这女孩真爱笑，我心想。

我已看透她心中所想。如此搞笑的人，我当然是欢迎的啦——她想必是这样想的吧。不过，我对此并无任何反感。

不一会儿，她终于笑够了，继续解决她的三明治。

"你是那公司的正式员工吗？"

看准时机，我抛出了问题。

"不是，我跟你一样只是兼职的。"

这回答出乎我的意料之外。

"哦，既然同是兼职，怎么你就变成我上司了呢？"

我非常想知道个中缘由。

"那算不上上司和下属的关系吧？"

她说。

"但你给人的感觉就是属于管理层的啊。莫非其中有什么门路？是谁介绍你去的吗？"

"嗯，是有点门路，我是靠父亲的关系……"

父亲——吗？我想起了她那个满头银发、表情阴险的父亲的脸；对跑过来给他撑伞的司机看都不看一眼，目不斜视地从奔驰车上走下来的那个老人的侧脸；以及那个深夜，在日光室对女孩施暴的那位父亲的脸。葬礼的情形、她在雨夜的可疑举动，听到她这句话，所有的记忆突然都涌上了我的脑海。

"你也是别人介绍过来的吗？"

她反问。

"嗯?呃,这个嘛……对了,那你也是大学生吗?"

"没错。"

"哪里的?"

"你是说大学吗?"

"对,如果方便透露的话。"

"是 A 大。"

"哦……"

我已经做好了被询问所属大学的准备,甚至已经把大学的名字送到了舌尖。可是,她却没有问我这个问题。莫非是没有兴趣知道吗?我再次体会到了失望的感觉。

"你是大几的?"

我又问。

"我吗?大四。"

我当时大二,她比我大两岁。

当然,她也没有询问我的学年,甚至没有问我是不是大学生。她只是看了看手表。她看表时会把手握成拳头,只把拇指伸出来,看起来无比优雅。

"我得回公司了。"

她说。虽然语气非常开朗,但在我听来也只是冰冷的声音而已。她毫不客气地站了起来,我也只得赶紧跟上。

"请问,你明天中午也会到这里来吗?"

我完全没有自信装出毫不紧张的语调。只见小池理津子玉指轻撩秀发，像看到什么怪物一样，惊讶地看着我。

"嗯，我也不太清楚。可能来吧……"

那我明天也能来吗？这句话到了嘴边，却被我硬吞了下去，并换成了这么一句话：

"能陪你走一段吗？我们方向都一样。"

"嗯，可以呀。"

她的回答显得非常随意，但我此时已经如同置身天堂了。

"能让我来结账吗？"

我说着，把手伸向她的点餐票。因为我想起了昨天那个叫户谷的职员所做的事情，然后又想，只要自己付了这顿饭的钱，那刚才就算是约会了。

"哎呀，不用了！你在说什么呢。"

她把点餐票抢了过去，笑了起来。我被干脆利落地拒绝了。

付完自己的咖啡钱，我率先走出餐厅的自动门，来到夏日的艳阳下，站在午后耀眼的阳光里，等待小池理津子出来，同时也经受着羞耻的折磨。

"让你久等了。"

她并没有这么说，而是沉默着与我并肩走在一起。这种行为恰如其分地反映了我们关系的疏远。

如果关东调研中心再远一点就好了。这样一来，我就能一直与她并肩走下去了。

我们走到了东京剧院门前，那里挂着《2001太空漫游》的巨幅广告。我满怀期待地问小池理津子：

"你看过这部电影了吗?"

"还没看过呢。"

她马上回答。

可是,我并没有再说什么,而是在京桥警署前与她道别了。看着她走向公司的背影,我问自己,你不是再也不敢奢求什么了吗?

啊,是啊。我马上回答道。这样就够了,我不会再奢求什么了。我清楚地回答自己。

至少在此时此刻,我的心情确实如此。我已经太满足了。尽管只是个丑角,但我至少已经在以理津子为主角的剧集里走了一遭。这已经足以让我对上天感激不尽了。

第三章 告白

1

可是那天晚上，我还是没有睡着。在闷热的被褥里辗转反侧，我内心不断重复着"不如我们一起去看《2001太空漫游》吧"、"我有两张电影票，你愿意跟我一起去看《2001太空漫游》吗"这样的话。

第二天，我一大早就汗流浃背地转了二十几户人家。跟往常一样，多数人都让我把答卷留下先回去，或许是我渐渐习惯了吧，已经很少会被人拒绝了。

调查区域也已离开了旧城区，变成了八王子和高尾[①]一带。那一天，我在外面一直走到深夜十点多。

[①] 此处虽属于东京都内，却在二十三个主区之外，一般被看作比较偏远的城区。

又过了一天,中午十二点,我意气风发地捧着二十八份调查结果,坐在了"O"店内。十二点二十分,小池理津子出现了。她在门口看到我,叫了一声"哎呀",随后便来到我身边。

"你好。"

我说。

"你昨天怎么没来呀。"

她在我对面的椅子上坐下,问道。

"啊?"

我不由得反问了一句,甚至怀疑自己的耳朵出现幻听了。紧接着,喜悦慢慢地涌上我的心头。理津子看到了我,还跟我打招呼了。她没等我贴过去,自己就走到我的座位上来了。不仅如此,她还问我昨天怎么没有来。

"是啊,昨天我可认真工作了。要不给你看看我的成果?你看。"

说着,我打开提包,故作沉重状,捧出了那二十八份答卷。

"呀!"

她瞪大了眼睛,随后伸出手,挡住了我正准备把答卷放在桌子上的手。

"小心点,别又把水洒上去了。"

她说。

"太过分了,我又不是小孩子。"

我说。但我还是尊重了年长女性的意见,将调查问卷塞回了包里。

这时，服务生过来为我们点餐了。

"什锦三明治和柠檬茶。"

她说。

"你中午总是吃三明治呢。"

我说。

"是啊。"

说着，她突然用一种戏谑的目光盯着我看。那双眼睛似乎在说，今天你要用什么样的闹剧逗我开心呢。

不过，我却并不讨厌此时此刻的气氛。

"莫非你还想看我闹笑话吗？"

她轻笑一下，思考了片刻，回答道："是的。"

"那我就献丑了。"

我收敛目光，思考了片刻。接下来我要说的话，就算包上一层戏谑的外衣，还是让我心跳加速了不少。

我抬起头，看到小池理津子正盯着我。

"你想跟我一起去看《2001太空漫游》吗？我这儿正好有两张票。"

我豁出去了。再看小池理津子，她瞪圆了眼睛，似乎以为我在开玩笑，一下反应不过来。

"《2001太空漫游》？"

她问。

"是电影啦，电影。东京剧院正在上映这个片子呢。你不喜欢科幻电影吗？"

笑容已经从她的脸上消失了,我顿时紧张起来。

"也说不上喜欢或是讨厌啦,可是……"

我非常害怕从她口中听到拒绝的言辞。就算她不答应也好,总之我不想现在就听到她拒绝我。因此,我赶紧问了另外一个问题。

"那你喜欢什么样的电影呢?纯爱类的?"

她的回答让我备感意外。

"我最讨厌纯爱电影了。"

她干脆地回答道。

"那你喜欢什么电影呢?"

"动作片和西部片。"

这个回答同样让我备感意外。

"动作片?"

"像史蒂夫·麦奎因①的电影。"

"那西部片呢?"

"《夺命判官》和《原野奇侠》这类型的。"

"哦,原来你的爱好这么不像女孩子呢。"

"其实我一点都不像个女孩子啦。"

"那真是太意外了。对了,你喜欢《生死恋》和《罗马假日》吗?"

"《罗马假日》还好,但《生死恋》我最讨厌了!"

"哦,那又是为什么呢?"

"不为什么啊。反正就是讨厌。那你呢,你喜欢恋爱电影吗?"

---

①史蒂夫·麦奎因(Steve McQueen, 1930–1980),二十世纪六七十年代著名的好莱坞硬汉派影星,曾出演过《大逃亡》(*The Great Escape*)等影片。

"嗯，其实……也还可以吧。"

"真像个女孩子。"

小池理津子哼笑了一下。这时，三明治和红茶被送了上来。我又成了欣赏她吃饭的观众。

"我怎么没见你吃过午饭啊，莫非你没那个习惯？"

理津子问我。

"你总是在我吃完饭后才来。所以，我都吃过了。"

"是吗？"

理津子的性格真不可思议。平时总是非常温柔，善解人意，但有时又会用高人一等的冷淡语调说话。

"要是你今天也想看着我吃三明治，就给我说点好玩的吧。"

她用有些人甚至会理解为傲慢的语气对我说道。

"听你这么一说，莫非你每天都过得很无聊吗？"

我说。

"是啊，我实在太无聊了。"

"那你喜欢听什么样的事呢？"

"说说关于你的事情吧。"

"我的事情？"

"嗯，比如说住在哪里，过着什么样的生活。"

"我住在蒲田。从蒲田车站步行十五分钟，有个叫安田第一庄的公寓，我就住在那里。我是个大学生，现在正放暑假。"

"我要听的不是那种平淡无奇的事情，你就没有更加奇怪的经历吗？"

"奇怪的经历？你是说，不想听我平时总在车站前的饭馆吃饭这样的话吗……"

"对，我不要听那种。我要听更加奇怪的经历。"

她慢慢开始对我展现出任性的一面了。

"那么，不仅仅是蒲田，我有时还会远征到自由之丘①的意式面馆去。"

"真的吗？我母亲也经常到自由之丘那一带去。"

我们东一句西一句地闲聊了一会儿，她又像上次一样看了看表。

"时间到了，我得回去干活了。"

"那我也得走了，得去让你检查功课了。"

"是啊，我们快走吧。"

"电影的事情，能请你考虑一下吗？"

我飞快地说。

"啊，那个啊，可是我……"

"请你明天或后天再给我答复，我会等你的。"

看她的表情，我就有了被拒绝的准备。可是，就算同样是拒绝，我也不想马上就听到。

"好吧，那我考虑考虑。"

她如此说道，我松了一口气。这样一来，我就能再做一两天美梦了。

---

① 位于东京都目黑区，集中了许多餐厅、点心屋和美容店，在东京宜居地区中排名很高。

2

第三天中午,我又带着二十三份调查结果坐到了"O"店里,并且见到了小池理津子。可是她并没有四处寻找我的身影,而是在门边的座位上坐下了。她的样子看起来很奇怪,于是我又带着水杯站起来,走到她身边。

"中午好。"

我背着黑色单肩包,右手拿着水杯,左手拿着点餐票站在理津子面前。她抬起头看着我,说了句:"是你啊。"

她美丽的脸上看不到一丝笑意,与往常的理津子全然不同。我不禁感到疑惑,更加不知说什么好。好不容易,我才小心翼翼地挤出一句。

"我……能坐这里吗?"

"请吧。"

理津子用冷淡的、稍微有些刺耳的声音回答。她一动不动,甚至没用手示意我就坐。我就像被父母叫过去准备叱责一番的小孩一样,胆战心惊地落了座。

好一会儿,我们都没有说话。直到服务生来为我们点单。

"三明治和柠檬茶。"

我试图替她说出那句话,但马上察觉现在气氛不对。

"你怎么了?今天好像没什么精神啊。"

在长时间的沉默之后,我询问道。但理津子依旧沉默了好久,才终于回了我一句。

"没什么,就是遇到了一些烦心事。"

"在公司吗?"

她摇摇头。

"跟妈妈吵架了吗?"

我本来只是想插科打诨而已,怎知理津子的脸色突然就变了。

"为什么?你怎么会那样说呢?"

"没、没什么,我只是随口说说……"

说到这里,我想起了她母亲脸上尖刻的表情。

"你到底是谁啊?太可怕了。"

她盯着我逼问道。看来我猜对了。

"还知道我的名字,你实在太可疑了。"

"很可疑吗?"

我故意用满不在乎的语调反问。

她应该是刚从公司过来的吧，我心想。若她上午一直待在公司，那为什么还会因为今早与母亲的一些口角而沮丧到现在呢？莫非是刚才在与母亲通电话时发生了争吵？

她似乎想就我为何如此了解她一事继续追问下去，但最终还是因糟糕的心情而作罢。小池理津子移开直直盯着我的视线，沮丧地说："总之，我现在没心情跟别人谈笑。"

被现场阴郁的气氛所震慑，我一句话也不敢说。理津子竟对我这个不太熟稔的人表现出如此阴郁的情绪，看来她是真的很难过吧。

"那今天也就……"

我说到一半就被她打断了。

"我希望你今天不要太多话。"

她在我面前默默地喝着柠檬茶，吃着三明治，没有露出半点笑容。我还是第一次见到这样的理津子。为此，我更想知道她变成这样的原因。她与母亲之间究竟发生了什么矛盾呢？

"现在，你想让我帮你转换一下心情吗？"

看她吃完，我战战兢兢地说道。

"转换心情吗……"

她随口说着，思考了片刻。

"我现在没那种心情。"

听到这里，我悄悄叹了口气。要是她回答想转换心情，我还打算再次邀请她去看《2001太空漫游》来着。事到如今，我已经彻底绝望了。是时候像个大男人一样，该放手时就放手了。现在这个时机实在是太糟糕了。

"没办法,那我放弃了。"

我说。

"我还是找别人一起去看《2001太空漫游》吧。"

"等等,你是说电影吗?"

理津子突然问。

"是啊,是电影。"

理津子的手停在半空,整个人好像丢了魂一样。

"喂,你还想邀请我去吗?"

她第一次用"喂"来叫我了。

这还用问吗?我是要找别人一起去,但现在毕竟是暑假,那些狐朋狗友几乎都回老家去了。

"那当然想啦。"

"好吧,我跟你去。"

理津子答应得实在过于爽快,我一时没有反应过来。

"今晚可以吗?"

"今晚?啊,可以,当然可以啦,我什么时候都可以的。"

"那傍晚六点半,在东京剧院门前等我,怎么样?"

"那当然好啊!"

"好,我一定会去的。你要等我哦。我得走了。"

理津子站起来,随后便拿着自己的点餐票,快步离开了餐厅。

我又在那里坐了一会儿。我完全无法相信刚才那一幕,真想捏捏自己的脸，看是不是在做梦。

　　不一会儿，喜悦开始涌上我的心头。终于，我终于能跟理津子去看电影了。

3

如此这般，我第一次跟小池理津子有了这么一个像样的约会。我实在等不及了，五点半就跑到东京剧院门前，买了两张电影票等在那里。而且，我一点也不觉得一个小时有多漫长。不管是两小时还是三小时，只要对方是理津子，我都会满心欢喜地等在那里的。

电影的内容我一点都没看懂。那部电影即使是一个人去看，也不太能明白，更何况我身边还坐着小池理津子，哪里还有时间去关注电影的内容呢。每当画面切换到昏暗的宇宙空间，我都会偷偷看一眼理津子的侧脸。因为我至今仍不敢相信自己的幸运，必须无数次确认她真的就在身边。

因为不断分神，在我们离开东京剧院，走进一家古旧的西餐厅吃饭时，我根本没能在刚刚看完的电影中找出任何可聊的话题。即便到了现在，我还是无法理解、回忆起那部电影的内容。只依稀记得里面出现了星星和宇宙飞船，具体情节早就忘到九霄云外去了。

小池理津子的心情依旧很糟糕，但比起刚才已经好了很多，偶尔还能对我笑一下。

"那就是你喜欢看的电影类型吗？"

理津子问我。不过，其实我今天也是第一次看那样的电影。

"呃，算是吧……"

我做出了模棱两可的回答。

"不好意思，我觉得那部电影不怎么样呢。"

理津子说。

"不好看吗？"

"嗯，不太好看。有点无聊。"

"是吗，很无聊啊。其实说实话，我也觉得挺无聊的。"

我也实话实说。最后，我们俩一起笑了。

"你好像心情好点了呢。"

我试探着问道。

"嗯，是好点了。"

理津子自言自语般回答，但我的话无疑勾起了她不好的回忆，让她又变得沉默寡言了。

"你好像一点都没打算问问我的名字呢。"

我稍微有点焦躁了。

"啊？哦，对啊，真抱歉。请问你叫什么名字呢？"

我报上了自己的姓名，并再次透露了自己住的地方、公寓的名称，甚至还想把电话号码也报出来，但我当时并没有电话。

"小池小姐，能把你的电话号码告诉我吗？"

我咬咬牙问道。理津子闻言，惊讶地看着我的脸。

"电话号码？为什么啊？"

被她如此义正词严地反问回来，我不禁感到心寒不已。

"你想给我打电话吗？"

"也不是这么说，只是想知道而已。"

这真的是实话。我只想拿到她的电话号码，像交通安全的护身符一样随身携带而已。

"那不行，我不想告诉你。"

她非常干脆地拒绝了。这让我非常受伤。

"我得回去了。"

理津子说。就这样，我宝贵的约会即将草草结束了。

"你想不想喝咖啡？你看，就像那边那几个人一样。"

"不，算了吧。现在太晚了，我得回去了，不然要被母亲骂的。"

理津子站起来。我看了看手表，原来如此，现在已经十点多了。

或许是因为心灵受伤，又或许是心慌意乱，我在紧跟着理津子站起来时，说出了一句让我后悔一辈子的话。

"小池小姐，不如我送你回品川吧。"

理津子突然停下了正准备掏出钱包的手，死死盯住我。不，她或许只是单纯地看着我而已，但意识到自己的失言后，我因为心虚而夸大了她目光的含义。

"为什么?"

一段时间的沉默后,理津子终于开口了。

"因为我们坐的路线是同一条啊,我住在蒲田,所以……"

"我问的不是那个!你刚才不是说要送我回品川吗?"

"好像是说了吧……"

我试图以装傻来掩饰自己的失策。

"我从来没说过我住在品川啊。你这人实在太奇怪了,为什么会这么了解我呢?太可怕了,快老实交代。"

小池理津子说着,又坐回了椅子上。没办法,我也只好跟着坐了下来。

"好了,快解释。"

理津子用严厉的语气逼问我。她的表情看起来非常严肃,应该说,看起来怒火中烧。

"其实我也没什么好解释的。"

话虽如此,我却不知该如何向她说明事情的经过。自己好像已经惹怒了理津子。这要是告诉她我每天从病房窗口用望远镜偷窥她的生活,她肯定要火冒三丈了,搞不好还会就此跟我断绝来往。不,一定会那样的。

可是如果什么都不说,理津子今后肯定不会对我产生进一步的感情了。今晚一别,明天说不定又得倒退到只能一起在"O"吃午饭的浅交了。既然如此,我还不如尽量利用一下自己给她带来的神秘感。这样一来,我至少能在她心里留下深刻的印象。

"其实，我知道你的所有事情。"

我开口道。理津子并不回应，只用目光催促我快说。

"我知道，你住在品川外科医院附近一个独门独院的小楼里。前不久你父亲去世了，现在与母亲两个人相依为命。你家周围三面都是高层建筑，看起来就像山谷间的小楼一样。

"我还知道，你家马路对面有一家叫'R'的咖啡厅，你有时会到那里吃早餐。斜前方是超市，超市楼上开了家美容院。你和你母亲都会到那里去做头发。你家附近的商店街上有一家叫'K'的蛋糕屋，你经常在那里买蛋糕回去。"

随着我娓娓道来，理津子的脸上渐渐失去了血色。她的双唇正在微微颤抖。我对自己的话语制造出的效果感到惊讶万分，忍不住停了下来。随后，我们之间就只剩下了让人费解的沉默。

我无法理解这阵沉默的意义，因此感到了些许迷惘，试图说些什么来打破它。就在那个瞬间，突然发生了一件让我难以置信的事情。

"什么嘛！"

理津子突然歇斯底里地大叫起来。店里的客人一下都看着我们，这让我一阵胆寒。

理津子此时已经站了起来，她面色苍白，嘴唇依旧不断颤抖着。过了好一会儿，我才终于明白那是出于愤怒的缘故。虽然理解了，但却对其中缘由一无所知。

"怎、怎么了？"

我胆怯地说。

莫非我惹她生气了吗？

"这到底算什么嘛！你究竟是什么人？！既然你知道了这么多，为什么还要接近我？！难道是在玩弄我吗？！"

现在回想，她当时的身体状况肯定是不太好的，与母亲的争吵一定也一直让她记挂在心。最糟糕的事态竟同时出现了好几个。

她的声音回荡在店内。我却无法理解其中缘由。面对这一险恶的事态，我竟然毫无头绪。这究竟是怎么一回事呢？

理津子猛地转过身，她的身体一下掀翻了椅子，发出一声巨响。理津子朝出口猛冲过去，像一阵风刮过了狭小的店内。

我也赶紧站起来，拾起点餐票紧随其后，随手拽出两三张千元钞票，不等收银员找钱就冲了出去。

推开玻璃门跑到大街上，我看到理津子正向着电通大道跑过去。我毫不费力地追上了她，此时，我们已经站在电通大道的路边了。

"等等！你先等一下啊！"

我绕到理津子前面，把她堵了下来，抓着她的肩膀说道。当时我们身边有大量的醉汉正在摇摇晃晃地走着。

"我还是没搞懂，你能告诉我吗？为什么要生气？"

我一边喘气一边问。

我的计划是这样的。先故意提出一个谜团，让理津子十分好奇却摸不着头脑，然后我再说，如果你想知道我为什么如此了解你，那就明天傍晚再与我见一次面吧，到时候我才会把理由告诉你。我心里想的，只是这么一个无聊的阴谋而已。没想到如今竟落得个偷鸡不成蚀把米的下场。

"为什么？！你居然还问我为什么要生气？！"

理津子也喘着气。她肩膀剧烈起伏，因为怒火和激动的情绪，连说话都颇费力气了。但我却并没有这样的症状，于是我说："我都告诉你还不行吗！虽然我不知道你为什么要这么生气，但我其实在离你家不远的那个医院里住了两个月的院。就是品川外科医院。"

一边说着，我意识到自己的肩膀也在剧烈起伏。看来我的情绪也很激动。

"从我病房的窗户能看到你家。我知道你家朝向大街那一面是红砖墙，院子里还种了许多树；你住的那个两层小楼，从我病房的窗户看过去，就像放在高楼脚下的存钱罐一样。

"我很喜欢你家的小楼。因为受了重伤，根本下不了床，所以我只能一天到晚盯着你家看。那已经成了我唯一的乐趣了。

"看着看着，我就发现了你。这是真的，对我来说，你就像天使一样。我是说真的，绝对没有说谎。我一直对你憧憬不已。我非常非常喜欢你，心里一直在想，一直在期盼，哪怕是一次也好，我真想跟你说说话。所以……"

我突然踌躇了。真的要说出真相吗？万一说出来，我会不会被讨厌呢？

无所谓了，我又想。既然事已至此，我也不想再撒谎了，也不想再做一个靠堆积谎言骗取信任的男人。如今我要向她展示真实的自我，若因此而被讨厌，我也认了。

"所以，我就跟踪了你，也知道了关东调研中心这个地方。后来，我就加入了那里的兼职队伍。一心想着这样一来，我就能见到你了，若是运气好，说不定还能跟你说上话。

"我的梦想在今天实现了。我不仅跟你喝了两次茶，说上了话，甚至还一起去看了场电影。因此我已经再没有任何遗憾了。这样一来，就算与你分别，我也不会太难过。可是，我唯独不希望你一直对我抱有误解。我虽然不知道你为什么要生气，但我刚才已经把自己的所有想法都告诉你了。我喜欢你，太喜欢你了，所以才会故意接近你的。除此之外没有任何理由。要是你对此有所误解，我会很伤心的。

"我总是会一整天都想着你。每天每天，一直都想着你，甚至连晚上做梦都会梦到你。所以我不希望被你误解，如果你讨厌我，这也没有办法，但在被误解的情况下从此无法相见，这对我来说实在是太难过了。"

说着说着，电通大道的灯光突然模糊起来，看来我已经热泪盈眶了。唉，自己怎么会如此脆弱呢。没点男人样，也不够强壮，简直就像刚出生的婴儿似的。我甩了两三下头，试图甩掉悲伤。但悲伤却牢牢占据了我的脑海。再这样下去，我就要哭成一个泪人了。想到这里，我像是要对自己的脆弱做出挑战一般，铤而走险了。

其实连我自己都吓了一跳。在这个深夜，在周围拥挤的人群中，我紧紧抱住了理津子，将自己的嘴唇按在她的双唇上。既然要诀别，不如在最后给自己制造一些回忆吧。

我们的嘴唇一直贴合在一起，似乎过了很长时间。我闭着眼睛，这样一来，路旁的人群一下都消失了，仿佛整个世界只剩下我们两人。渐渐地，我意识到理津子并没有把我推开。与此同时，我也感受到了难以置信的幸运。

在周围醉客的高声嘲讽中，我放开了她的唇。刚才那个瞬间让我感觉到了某种眩晕。而理津子此时依旧紧闭双眼，与我仅有咫尺之遥。她缓缓睁开眼，目光里已经没有了刚才的倔强，而是多了几点泪光。

对我来说，她的泪至今仍是个谜。关于小池理津子，我还有许多需要了解的地方，但我却彻底陶醉在了自己的世界里，丝毫没有关注她内心的起伏。因为我当时还无暇顾及这一点。

"这样很痛。"

理津子小声说。此时，我才终于发现自己正用浑身的力气，紧紧抓着理津子的手腕。

"啊，对不起。"

我赶紧放开她。其后，我不知该如何是好，只得呆站在原地。随着头脑慢慢冷静下来，我逐渐意识到自己刚才的举动是何等粗鲁。最后又想，自己已经犯下了如此无礼的举动，是否应该诚恳地道歉，马上离开这里，从今以后再也不出现在她面前呢。

纯情之如我，当然飞快地得出了以上结论。于是便按照顺序，先开口准备道歉。

"那个，理津子小姐……"

刚一开口，我马上因为羞耻而感觉耳垂滚烫。

"我刚才实在是乱了阵脚，竟做出这么失礼的事情……真是太对不起了。这样一来，我最好还是不要再出现在……"

理津子抬起头，打断了我的话。她用略带冷淡的语气说：

"你说什么？"

"啊？"

"失礼是指什么事情呢？"

被她这么一问，我才意识到自己其实对理津子做了无数失礼的事。首先是从病房窗户偷窥她的家，其次是跟踪她上班，第三是今天惹她生气，再加上刚才那个突然的举动。

"不，那个……我是指强吻你。"

理津子闻言，依旧用冷淡的语调说：

"我不希望你道歉。"

不明她话中深意，我愣住了。

其实，刚才是我的初吻。因此，我也与世间所有男性一样，对这种行为本身抱有某种罪恶感。在我看来，道歉是理所当然的。更何况我是在银座这个闹市区，在这么多人的围观之下亲吻了她。因此，对她不希望我道歉的发言，我实在不明就里。

正当我绞尽脑汁试图理解她的话时，理津子冷淡的声音再次响起。

"我们走走吧。"

分开满街的醉客，我们并肩走了起来。在前往有乐町站的路上，我意识到，理津子似乎还能接受我走在她身边。为此，我感到万分不可思议。

4

"那个,你真的不介意我继续陪你走吗?"

因为我们一路上过于沉默,在经过日本剧院门前时,我终于忍不住战战兢兢地问道。

她闻言轻声笑了起来。那还是我当天第一次听到理津子的笑声。听到那笑声,我觉得自己的心都得到了救赎。

"为什么要介意呢?"

她含笑反问道。

"要说为什么嘛……"

"你在品川外科医院住过院吗?"

"是的。"

"什么时候?"

"一直住到上个月。"

"你所知道的关于我的信息,就只有刚才说的那些吗?"

"是啊,怎么了?"

"没什么。"

理津子说着点了点头,随即又陷入了沉默。她说的那些话里,并未包含对我的回答。

我们坐上了京滨东北线。彼时已接近深夜,电车里空荡荡的,只是零零散散地坐着几个醉客。我们没有坐下来,而是选择站到了门边。

我们之间的沉默一直持续到电车过了滨松町,渐渐地,我陷入了不安的情绪中。今后,我的境遇究竟会如何呢?到达品川后,她一定会下车吧?我是否能跟着她一起下去呢?如果不能,那我们今后还有机会再见面吗,还是说,品川站就是我们永别的地点呢?

因为理津子一句话都不跟我说,让我很难确认自己目前的处境。我还在为如何向她询问这一点而大伤脑筋。不久,电车就过了田町,下一站就是品川了。我本来已趋于平静的内心悸动,此时又卷土重来。

"那个……"

我又战战兢兢地打破了沉默。

"怎么了?"

"今天真是太对不起了。"

理津子闻言,将头转向另一边,轻轻叹了口气。

"你是指吻我的事情吗?"

"是的。"

我点点头。

"你为什么要抓住那件事反反复复地说呢?难道你不是因为喜欢我才吻我的吗?"

理津子的语气已近乎诘问。

"那当然是因为喜欢啊!"

我反射性地回答。

"那为什么还要道歉呢?"

她又问。原来如此,我恍然大悟。

"那,那……我能再问个问题吗?"

我对靠在电车门上,凝视着窗外夜景的理津子说。因为现在再不开口,电车就要驶入品川站了。

"我们还能再见面吗?你能原谅我之前的无礼吗?"

沉默了片刻,理津子小声说:"可以啊。"

我不知道她回答的究竟是哪个问题。她是说我们还能再见面,还是说愿意原谅我呢。

"你,还愿意再见我吗?"

"嗯。"

喜悦一下从我的脚底蹿上头顶。人生真是太美妙了!

"嗯,你是在品川站下车吧?"

"是啊。"

理津子依旧看着窗外回答道。

"我也能一起下车吗？我想送你回家，毕竟现在已经很晚了。"

"那样太麻烦你了吧？"

"怎么会麻烦呢！"

"太不好意思了。"

"别不好意思呀！"

"那就请你送我回去吧。"

"嗯，谢谢。"

我心中的喜悦已经快要溢出来了。这样一来，我又突然开始急切地想到达品川站了。

终于到了品川站，站台上空无一人。理津子先下了车，我跟在后面。站台的时钟显示此时已经是十一点了。我们向西口走去，出了检票口。

我看到了如同行驶在自家后院一般横行在第一京滨国道上的出租车，也看到了品川王子酒店的灯光。这就是对我来说怨念极深的第一京滨。因为我就是在这条路更靠近横滨的一头遭遇事故的。可是现在的我，却高兴得恨不得趴在地上亲吻第一京滨的柏油路面。

"我本来想叫出租车的……"

走在站前的人行道上，理津子低声说。

"那太浪费钱了啦。"

我马上反驳。当然我心中想的却是另一回事——要是走路的话，就能跟理津子多待一段时间了。

"也是啊。"

理津子轻笑一下，便朝着正在待客的出租车队的反方向走去。她现在已经慢慢找回平时的感觉了，为此我感到十分高兴。

就在那个瞬间，突然有个黑色的人影从旁边的电话亭阴影中蹿出来，粗鲁地抓住了理津子的手腕。理津子发出了凄厉的惨叫。

我一下紧张得全身僵硬。

"你死哪儿去了？怎么这么晚才回来！"

那个黑影尖声叫道。那声音，我听起来似曾相识。是个女性的声音。

"妈妈？"

理津子显得惊讶不已，但她的声音并不大。虽然很激动，却是沙哑的低语。

"怎么了？您怎么会在这里？"

"你还好意思问为什么？！"

她母亲又激动地尖声叫道。即便人行道上一片昏暗，我还是能猜到她此时的双眼必定反射着歇斯底里的光。

"当然是在等你回家啊，你想担心死我吗？到底去哪儿了？你怎么能让长辈这么担心呢！"

"你为什么要担心我啊？我又不会怎么样，都已经是大人了，难道就不能让我自由一点吗？！"

理津子反驳道。

"你哪里算是大人了？这让我怎么放得下心啊！"

"我已经二十一岁了。"

"二十一岁也只是小孩子！"

她母亲毫不客气地说。理津子闻言，挑起嘴角露出了不屑的笑容。

"是吗，我原来不是大人啊。对，我就是个小孩子。"

她突然说了句我难以理解的话。更加让我难以理解的是，刚才还怒气冲冲的母亲，在听到女儿的那句话后，竟然无言以对了。紧接着，她用力拉起女儿的手说："回家了！"

而我，此时已经被她完全忽视了。

"等等，我朋友好心送我回来的。"

理津子不顾母亲的拉扯，转头看向我。

"这是我妈妈，今晚真是太对不起了。"

理津子说。此时，她母亲好像终于察觉到了我的存在，只见她松开女儿的手，站到了较为明亮的地方。当然，那不是为了让我清楚看到她，而是为了让自己更清楚地观察我。不过多亏了她这一举动，使我得以在距离不到一米的地方仔细观察这位母亲的外貌。

她的表情十分吓人。眼皮深深地凹陷下去，刻薄的眼神第一次正对着我。我不禁感到背后一凉，紧张和莫名的恐惧占据了我的内心。面对她母亲几近疯狂的表情，我不由自主地颤抖起来。她原本紧闭的双唇此时已经张开，似乎随时都会向我倾倒疯狂的漫骂。

"您、您好。"

我说。

可是，她母亲却毫不理会我的问候，而是突然说：

"你是什么人?"

"呃,我是您女儿的朋友。"

我回答。

"你和她什么关系?"

"啊?"

我吓了一跳。

"妈妈,你别这样啊!"

理津子插嘴道。

"他只是我的普通朋友,因为实在太晚了,才送我回来的,仅此而已。"

"带着你在外面疯到这么晚,算什么朋友啊!"

母亲转过头冲她嚷道。

"妈妈,你太过分了,难道连女儿的话都不相信了吗?"

"你,把我女儿带到什么地方去了?"

母亲又转向我问道。这位母亲的脑子有问题,我想。

"今晚我们只是一起去看了场电影而已。"

"电影?什么电影?"

"电影的名字叫《2001太空漫游》。"

"在哪个电影院看的?"

"银座的东京剧院。"

"哼,那看完电影又去哪儿了?"

"妈妈,你够了吧!"

理津子忍不住哭了出来,引得路人纷纷看向这边。

"你也是的,为什么会答应这种人的邀请,跑去看电影啊?"

母亲把我说成了"这种人",我与其说是生气,还不如说是无奈。

"你究竟看上他哪一点了?这种没有实力的穷小子,就算你跟他交往也得不到任何好处啊。妈妈不是跟你说过很多次,要看好对方的条件,别随随便便就把自己卖了吗?!"

"妈妈,别说了,当着人家的面多不好啊。什么叫随随便便把自己卖了啊!妈妈你其实是只想着自己,为了自己的利益才说那些话的吧?那只不过是妈妈你自己的算计啊!为什么要把我也拖下水呢?!"

母亲闻言,抬手就想给理津子一巴掌。但理津子大叫着躲开了,凶恶的母亲落了空,只打到一束头发。

我不知该如何是好,只得小心翼翼地站在原地。

"妈妈还不是为你着想,你为什么就不理解呢?!"

"我才不想理解呢!你完全是为了自己!"

理津子用近乎尖叫的声音回应道。

"你这孩子怎么说话的啊!"

"总之,别再这样了,妈妈。要吵我们回家再吵。"

理津子说完,又转向我。

"对不起,今晚你先回去吧。下次我再好好跟你道歉。"

理津子话音刚落,她母亲歇斯底里的声音马上就刺进了我的耳膜。

"不,你们再也不会见面了!我是绝对不会允许的!你,今后不准再接近我家理津子了！理津子已经有对象了。"

"你错了，妈妈，这个人并没有……"

"不，是你错了，你太不了解男人了。我告诉你，你只要照妈妈说的话去做就好，我绝对不会让你不好过的。因为最理解你，而且最为你着想的就是我啊！"

"你哪里为我着想了？我再也不相信妈妈的话了！"

"你这孩子！怎么能这样呢？！"

我觉得自己不能再待下去了，就对理津子说：

"那我明天中午还在'O'等你。"

"嗯，知道了。"

这两三个小时内发生的各种戏剧性事件，已经把我们的距离拉近了不少。

理津子用对待好友的谙熟口吻回答了我。那句话瞬间扫去了我的所有不快，让我重新置身于天堂之上。

"不，你不能去！"

我将她母亲的话抛在脑后，转身走向品川站。

这究竟算什么母亲啊！说话怎么这么刺耳呢？不过，姑且等到明天再说吧。等到了明天，再慢慢听理津子解释刚才的那场闹剧吧。

5

可是，到了第二天，我坐在"O"里，从不到十二点一直等到下午两点半，都没有等到小池理津子。

坐到三点，我又到关东调研中心露了个头，找到那个负责给我们开说明会的叫户谷的职员，询问小池理津子今天是否来过，结果却得到了她今天没来上班的回答。

"是吗？那我明天再来吧。"

我心不在焉地说着，准备离开那里。但他却并未表现出应有的反应，反倒沉默不语了。我感到些许异常，回头看了一眼户谷。只见他一动不动站着，目不转睛地盯着我。我便也一言不发地看着他的脸。

"小池怎么了吗？"

他问。

"不,我前几天跟小池小姐借了点东西,想还给她而已。"

我随便撒了个谎,怎知他接下来的发言却让我大吃一惊。

"小池理津子已经辞职了。"

因为过度惊讶,我不知该如何回答。

"辞职了?"

"嗯,今天她母亲给公司打了个电话,说她突然生病了。"

"突然生病了?!"

那无疑是谎言。那个母亲完全做得出那种事情来。她一定是为了不让我见到理津子,才撒了那样的谎,把理津子锁在家里的。

"那可麻烦了,我得去看看小池小姐才对。"

听我这么一说,户田突然沉默了。想必他正在心中估量我和理津子的关系吧。

"户谷先生,你能告诉我小池小姐在品川那个家的电话吗?"

此时犹豫只会坏事,我便尽量装出一副随意的样子抛出了那个问题。户谷呆站了一会儿,实在没办法,只好从西装的内袋里掏出记事本,装模作样地慢慢翻动。

"(四四〇)XXXX。"

他用非常不情愿的语气给我报了电话号码。我把那个号码记在自己的本子上,离开了调研中心。

我沿着银座大道向四丁目走去,一边走一边寻找电话亭。找到后,就给理津子家里打了个电话。

拨完转盘,信号音响了三下,那边就有人接起来了。会是理津子吗？我有点紧张。

"你好。"

沉默了片刻，我首先开口。

"这里是小池家。"

那边传来一个低沉而一本正经的中年女声。我一下就泄气了。是她母亲。

"那个，能叫理津子小姐来听电话吗……"

我说。

"你是哪位？"

我报上姓名。

"请你等一下。"

母亲说完，又传来放下听筒的声音。

我吃了一惊，因为此前一直认为，那样的母亲必定不会轻易让我找到理津子。不过照现在这个情况看来，她应该会乖乖地把女儿叫过来听电话吧。看来她并没有发现我就是昨天那个男人，这还真够走运的。

"你好？"

听筒那边传来了与此前的中年女声完全不同的、尖细而温柔的声音。那是努力装出来的尖细声音。

要是我不够谨慎，说不定就会脱口说出："理津子小姐？是我啊，我听说你生病了，但是你好像还不错嘛。"搞不好还会一不小心把"昨晚在银座大街上吻了你，真是太对不起了"给说出来。这样一来，就正中对方下怀了。

那声音听起来跟理津子很像，不，是努力装得很像。但依旧有些奇怪。或许是因为其中夹杂的些许沙哑吧。

是她母亲。我险些中招，但最终还是识破了她的诡计。母亲假装去叫女儿来听电话，过了一会儿又拿起听筒，装出了女儿的声音。

她为何要做出如此让人哭笑不得的举动呢。莫非是为了打探电话另一头的男人跟自己女儿的关系，才装出那种声音的吗？面对她那异常的精神状态，我感到一阵战栗。

见我沉默不语，她母亲好像自知伪装失败了。

"理津子出门去了。"

她变回原来那个低沉的声音，似乎什么事都没发生过似的说道。

可是我却暂时没能从那异常的打击中恢复过来，依旧保持着沉默。如果我没能及时发现其中有诈，把那个声音当成理津子一直交谈下去，她母亲想必也会一直装出女儿的声音，一心相信自己绝不会被看破吧。若果真如此，她究竟会在什么时候表明自己的真实身份呢？真相大白后，她难道不会觉得尴尬吗，抑或她其实根本就没有想这么多呢？

而且，那个"出门去了"的回答也让我感到十分意外。因为那跟户谷的说辞完全不一致。理津子果然没有生病。那么，一切就都如我所料了。

可是，我决定继续追问下去。

"她是去做兼职了吗？"

"不知道。"

"什么时候回来呢?"

"不清楚。"

"那个……"

我下定决心,向她母亲坦白道。

"刚才我去她兼职的公司看了看,那边说理津子因为突然生病,已经辞去了调研中心的工作。莫非她其实没有生病吗?"

说到这里,她母亲似乎终于发现我就是昨晚那个"穷小子"了。

"理津子生病了,你以后不要再打电话过来了!"

她歇斯底里地大叫着,突然挂断了电话。

这当母亲的究竟是怎么回事?我慢慢放下听筒,心里想着。果然,她不是轻易就能制伏的对手。

6

坐上电车，回过神来时，我已经站到品川站台上了。随后，我便一个人走在了昨晚与理津子并肩走过的路上。这段距离有点远，但若跟理津子在一起，恐怕就不会让我觉得那么远了吧。

拐进商店街，不一会儿就来到了能够看到山谷之家的地方。品川外科医院的工程又有了明显的进展。楼房已经长高了不少，虽然还没来得及撤掉脚手架，但新的住院大楼已经呈现出近乎完整的样子，我住过的那间病房早已被挡在了后面。就在那座大楼脚下，就在那个巨大的水泥块下面，埋藏着理津子不可告人的秘密。如今，那个秘密已经再也无法被挖掘出来了。

理津子母亲的异常状况，与她的那个秘密是否有所关联呢？我最担心的就是这点。若只有她一个人背负着那个秘密，无论那是多么黑暗、多么阴沉的事实，即便是杀人，我也不会在意。不，当然会在意，但对她的感情却是不变的。只是，若此事还牵扯到了她的母亲——我不禁心中一凉，为了理津子，我只能硬着头皮上了。

我在商店街找了个餐厅进去吃饭，又在住了两个月的医院周围闲逛了一圈，跑到R咖啡厅喝了杯咖啡，尽我所能地逗留在山谷之家附近，但还是没能见到理津子。因为她被困在家里，我也就无能为力了。

天黑后，我走出R咖啡厅，看了看手表，已经是晚上八点半了。山谷之家当然已经点亮了灯。我本想再打一次电话，但想到有可能重复刚才的遭遇，便只得作罢。

我抬头看着品川外科医院的工地，又有一幅写着"安全第一"的条幅挂在五楼裸露的水泥外墙上。那条幅跟我住院时窗户下面挂着的一样。

尚在施工的大楼静悄悄的，没有一丝人气。工程相关人员已经下班回家了。

现场依旧被一圈金属围墙团团围住，仅有的出入口依旧盖着一块写有建筑公司名称的布帘。看着那块布帘和楼上的条幅，我脑中渐渐浮现出一个想法。

只要爬到那座楼的五楼附近，就一定能看到山谷之家内部吧。而且那个位置比我以前的病房更靠近山谷之家，搞不好根本不需要望远镜的帮助。毕竟山谷之家就在它脚下啊。

想到这里，我就再也按捺不住激动，趁着周围没人的时候，掀开入口的布帘钻进工地。

不出我所料，里面空无一人。我绕开搅拌机和手推车，走进施工中的大楼一楼，寻找上去的台阶。

不过大楼里面一片漆黑，让我走起来步步惊心。再往里走一点，就黑得连地上有个洞都看不到了。不得已，我只得放弃向内进军，沿着外壁上的脚手架向上爬去。

随着高度逐渐攀升，一片熟悉的风景便在我脚下展开。到了三楼左右，就能感到微风吹拂在脸颊上，地面的嘈杂渐渐远去，我还听到远处传来隐隐约约的音乐声。

走到五楼，我一屁股坐在散发着独特气味的潮湿水泥地板上，抱起双膝。那"安全第一"的条幅就在我视线的右侧迎风招展，而左下方，则是山谷之家的屋顶。

日光室的灯没有被点亮，但在另一边，此前被我猜测为理津子房间的那扇窗户却是亮着的。

我抱着膝盖，坐在带有潮湿水泥气息的夜风中，独自一人俯视着理津子房间的窗户，感觉我们二人的命运就像不被双亲和家族认可的罗密欧与朱丽叶一样。

我觉得，把理津子比作朱丽叶再合适不过了。因为她有一头洁净的秀发，又一直散发着好闻的气味。她是纯洁的，我坚信。

不知过了多久，我看了一眼手表，已经快到午夜了。原来我竟在这里呆坐了三个小时。本来还想查看山谷之家是否会发生什么异常事件，但过了这么久，却一点动静都没有。里面似乎开着空调，窗户一直都是紧闭的。

现在电车已经停运了，我只能走回家去。我实在找不到其他能联系到理津子的方法，就算打电话过去，也会被她母亲百般阻挠，寄信过去估计也是一样的下场吧。她母亲必定会不厌其烦地检查所有渠道，将我送进去的消息一一扣下，不让理津子看到或听到来自我的只言片语。

理津子连兼职都被迫辞去了，如今我已经不可能有机会再见到她了。而且，她也没办法与我联系，就算她有心这么做，我也不曾告诉过她自己公寓的详细地址和电话号码。我住的公寓虽然有一台公用电话，但她却不知道那里的号码。这就意味着，我可能永远也见不到她了。

我不禁感到万分沮丧。即使同样是离别，我还是想与她再见一面，好好地说上几句话。可是无论我怎么想，也无法联系上她。

不得已，我只得放弃了。正当我准备起身时，突然发现脏兮兮的水泥地板一角滚落着一支马克笔。

这并不是什么大发现，但我却十分在意，重新弯下腰去。因为我不由自主地觉得，这支小小的马克笔对我有着某种重要的意义。

我抬起头。眼前就是刚才那个条幅，"安"字在街灯的照射下，隐隐约约地透过幕布落入我的视线。

"啊啊！"

我忍不住大叫一声。因为我突然有了个绝妙的想法。由于这个想法实在过于绝妙，让我忍不住陶醉了片刻。紧接着，我又一个人大笑起来。因为这实在是太可笑了。我的绝妙想法是——

"安全第一",没错,就是"安全第一"。我在第一眼看到条幅上的这几个字时,就觉得有些眼熟。那些字好像在哪里见过。不,毕竟这样的标语满大街都是,我肯定已经看到过好几次了。我觉得眼熟的是那几个文字排列在一起的样子,因为它们跟我公寓的名字实在太像了。我的公寓名叫"安田第一庄"。跟"安全第一"着实很像。

如果把"安全"的"全"字上面去掉,再用马克笔在剩下的"王"字左右各添一笔,就成了"田"字,这样如何呢?然后再在"第一"下面加个"庄"字就大功告成了。这样一来,不就是我公寓的名字了吗?

这个想法真是太棒了。我只需在条幅右边写上详细地址,左边写上公寓电话,再添个"转"字就好。虽然这是个过于夸张的恶作剧,但至少明天一天都会挂在这座楼的墙壁上吧。这样一来,理津子也一定会察觉到的,毕竟从她家能清清楚楚地看到这条幅。

我因为这一想法,整个人都高兴了不少。随后便赶紧开工,拾起马克笔,确认里面还有墨水后,便爬上了六楼。

我从六楼把条幅整个扯上来,拉进室内开始涂改,这一步骤还不怎么困难,只是要在上面用巨大的字写下地址和电话实在是太累人了。这一工作花了我将近一小时的时间。

总算完成了条幅改造,我又将它恢复了原状,随后便离开大楼,意气昂扬地朝品川站走去。

第四章 海

1

  第二天，我在自家被窝里醒来，马上就后悔得不得了。我竟然做出了如此无聊的事情，这让我不禁有些自我厌恶起来。我觉得，自己简直打破了白痴的吉尼斯世界纪录。且不说那巨幅涂鸦有多夸张，我在上面写的竟然还是涂鸦者的所在地。这要是工地的负责人一个火大，随时都会来找我赔偿损失。想到这里，我甚至觉得某个戴着安全帽的男人此时正领着一群警官在敲我的房门了。
  我不禁猜测，若事态真的发展到那个地步，我会被要求支付多少赔偿金呢？紧接着又非常认真地思考道，如今理津子已经不在了，我早就打算辞掉关东调研中心的那份兼职了，可是，为了支付赔偿金，现在最好的选择还是将那份兼职继续下去吧。果然，我在理津子面前注定是个丑角啊。

虽然很想现在就逃离这里，但既然已经写了那种东西，我除了待在房间里以外也别无他法。理津子若是看到了条幅，很可能会给我打电话。为此，我绝对不能离开自己的房间。当然，她也有可能不会打过来，可是我觉得，她打给我的可能性比较大，即便只是为了与我正式道别。我从不认为理津子会如此缺乏责任感，情愿接受这种不明不白的结束方式。在我心里，理津子是个非常理想的女性，而我心目中非常理想的女性，是不会做出那种举动的。

于是，我在这四叠半的房间里躺了一整天。虽然关着门，却把洗碗池上方的小窗和房间的窗户敞开着，尽量让空气保持流通。只是这样一来，外面的蝉鸣也会顺风而来，听得我浑身燥热，冒出的汗水都被身下的榻榻米吸收了。今年夏天也与往年一样，闷热得让人受不了。

失去了摩托车的我，就像被折断了羽翼的小鸟一般，整日被困在这个狭窄的牢笼里。等待着理津子，或是警察。

就连吃饭，我也选择了离安田第一庄最近的中餐馆，并在离开时写了张纸条注明我的所在地，贴在房门上。吃完饭后，我又用最快的速度回到房间。

如此这般，一天很快就过去了。我并未察觉到任何事情将要发生的气息，无论是至高的幸福，还是最倒霉的不幸，都没有来敲响我的房门。

当吹过房间的热风变成凉爽的夜风，我便铺好了被褥，重新在上面躺下，打开我唯一的财产———一台黑白电视机，整个房间顿时被显像管的蓝光照亮，附近的蚊子也开始成群结队地攻击我的房间。我当时穷得连蚊香都没有。忍耐了一会儿，我终于觉得忍受这种痛苦实在过于愚蠢，便伸长腿关掉了电视机。

听着外面隐约传来的人声和蝉鸣，我百无聊赖地凝视着眼前的黑暗，随后便开始思考此前一直都没有想过的一些不明事态。

首先，理津子的母亲为何要如此戒备自己女儿和男性的交往呢？她的举动已经完全超越了为女儿的终身幸福着想的范畴。不，更确切地说，是超越了常规。现在回想起来，她的所有行动中都潜藏着深深的恐惧。可问题是，她的恐惧是针对什么的呢？

想到这里，那个雨夜又在我脑中觉醒。日光室里，父亲对女儿施暴，以及第二天，小池理津子那不可思议的举动，是否与其后一连串的奇怪事情都有所关联呢？

小池理津子对我的态度变化，也是一个难以理解的谜团。我第一次邀请她去看电影时，她表现出了明显的不情愿。可是，就在我准备放弃时，她又突然答应了。

若理津子多多少少接受了我的存在，那想必也是因为她把我当成了打发时间的喜剧演员吧，我一直如此认为。虽然不想承认，但这一想法恐怕与现实状况并无矛盾。可是，理津子的态度变化即使用这一理论也无法解释。

对了，莫非是对母亲行为的抵抗心理所致吗？我一下明白过来。前天，理津子沮丧地出现在"O"。我问其理由，她回答是因为跟母亲吵架了。既然她有个那样的母亲，吵架也是理所当然的吧。

这虽然只是我的想象,但母亲搞不好剥夺了女儿的自由。上回见面时,她不就一个劲儿地责备理津子没有遵守门限吗?理津子为此气愤不已,决心偶尔让母亲担心担心,这才答应了跟我去看电影。没错,事实一定是这样。

换句话说,我和理津子的关系也仅止于此而已。她母亲是否对此产生了误解,认为我们有着更深一层的关系呢……不,那不可能。她母亲应该不会被这点障眼法蒙骗过去。

可是既然如此,她又为何要对我如此戒备呢?甚至强迫女儿辞去了兼职工作,也不愿让她跟我见面,这可不是对待一般人的态度啊,根本就是为了拆散一对情投意合的恋人才会使用的招数嘛。对我这种跑龙套的角色,她为何要表现得如此神经质呢?

还有我收到的那张明信片。那张既可以理解为恐吓,也可以理解为忠告的明信片究竟是怎么回事?到底是谁寄给我的?还有,我在银座的人群中听到的声音又是怎么回事呢……

搞不懂。这一切对我来说都是未解之谜。

2

我不知什么时候就睡过去了。醒来一看，发现这新的一天依旧是晴空万里。无论我再怎么乐观估计，今天起码也要跟昨天一样热。因此，我突然感到有些厌烦。

我懒洋洋地起床，把被褥塞到壁橱里，接着便一屁股坐在了榻榻米上。这样的我简直跟囚犯没什么两样。我又要忍受着浑身汗湿，在这里呆坐一整天了。

我把昨天买回来的面包当早餐吃了，午饭同样是在附近的中餐馆解决的，之后便回到房间，继续呆坐。

盘着双腿，闭上眼睛，我一边听着蝉鸣，一边想着理津子。她究竟是怎么看我的呢？觉得我这个人还可以、把我当成好朋友？充其量，她也只是把我当成了那样的关系而已。

可是，我在电通大道的人群中亲吻她时，她并没有把我推开，而是静静地让我为所欲为。那是为什么呢？莫非那也是对严厉母亲的反叛吗？

我闭上眼睛，焦急地试图寻找答案。可是蝉鸣一路势如破竹，终于穿透了我的大脑，夺去我的思考能力。本来静静的冥想应该能让我在自己内心深处找到一些答案，可如今整个大脑都被蝉鸣占据，让我除了确认自己深爱着小池理津子之外，再也无法思考任何事情。

很快，这第三天的太阳也落下了。从窗户吹进来的风又渐渐凉爽起来，难以忍受的暑气消散之后，大批的蚊子便随之而来。

我依旧感觉不到任何蠢蠢欲动的气息。渐渐地，我开始觉得自己除了放弃，再也没有别的选择了。我的恋情，似乎已经在那天的品川站走到了终点。

现在已经是晚饭时间，但我却没有一点食欲。我试图将它解释为自己中暑了。

我想到了回老家。不知不觉，八月已经过去了大半，但暑假还有将近一个月的时间。老家还有一批高中时代的朋友呢。跟他们成群结队地光顾各种露天小酒馆，说不定就能忘记理津子，忘记自己现在这种无力感吧……

虽然我对此并不抱任何希望，但如今我所能做出的选择，也只有这一个而已。

第二天的正午，以及日落后，嘈杂的蝉鸣依旧势头不减。面对它们的热情，我不禁感到佩服不已。我感觉自己近来渐渐变得软弱了，不知是因为住院生活，还是因为夏天的炎热，抑或理津子的缘故。总之，虽然自己无法断定缘由，我的体力却明显下降了许多。今天的太阳又落山了。明天再等一天，若还音信全无，我就回老家去吧。我暗自决定着。

就在此时，我的房间外突然响起一阵急促的敲门声，把我吓了一跳。看看书架上的闹钟，现在已经是晚上九点多了。

这种时候有谁会来找我呢？我小心翼翼地站起来，走到门边。此时我已经有了个大致的预料，想必是因为那个大型涂鸦吧。为此，我并没有马上应门，而是慢吞吞地踩在三合土玄关边的凉鞋上，探身出去把门打开了。

"请问，这里是安田第一庄吗？"

一个男声用充满震慑的语气问道。我吓得缩了缩脖子，紧张得不敢说话。果然，该来的还是来了！

我住的公寓一楼走廊上的荧光灯坏了，周围一片昏暗，但我还是马上分辨出了眼前这个站在黑暗中的大个子男人，是个身穿制服的角色。与此同时，他腰间的警棒和枪套也瞬间跳入了我的视线。我不禁垂头丧气，感觉自己就像被追得无路可逃的杀人犯。可是，我依旧不死心地拼命催动大脑，试图编造一些辩解之词。我一动不动地盯着自己的脚尖，等待警官的斥责。

"谢谢，那再见了。"

警官的话完全出乎我的意料。我抬起头来看着他，一时无法理解其中深意。只见那身材高大的警官背后，突然蹿出一个小小的人影。我隐约分辨出了那人纤细的身段，和其身穿的连衣裙。

我的心脏差点儿就要炸开了。那是小池理津子。她从警官身后走出来，一动不动地看着我。我也无言地凝视着她。

警官转过身，松开身边那辆白色自行车的支架，略显憋屈地骑了上去。理津子转身对他点头致谢。警官吃力地踩着踏板，消失在了通往大路的方向。

直到此时，我才终于理解了眼前的状况。理津子一定是向巡逻中的警官询问了我公寓的所在地，而好心的警官则干脆把理津子带到了这边来。

"啊，你、你好吗……"

在理津子面前，我好像总是只会说"你好"这两个字。

"前几天真是太抱歉了。"

理津子说。她的话让我感到手足无措。我呆站在门边，犹豫着要不要对她说"要进来吗"。

"我能进去吗？"

理津子先开口了。

"啊，当然可以啊。"

我说着，侧身让出一条路。

理津子脱下带有网状花纹的靴子，走进我简陋的房间。里面甚至连个坐垫都没有。我把她引到了窗边的特等席位坐下，那里至少还能吹到一点风。

天气这么热，我也不好给她上热茶。可是，我房间里却连个电冰箱都没有。

"不如我出去买点冷饮回来吧。"

我战战兢兢地对她说，同时下决心用最快的速度到便利店走一遭。

"不用了，你不必太在意。我现在什么都不想要。"

她回答。于是，我便来到理津子身边坐下。

"你怎么找到这里的？"

"是巡警先生带我来的。"

总之，我难以掩饰心中的喜悦。那感情实在太强烈了。三十分钟前的沮丧对我来说好像是做梦一样，因为我现在觉得自己充满了活力。于是，我决定把那个"安全第一"的条幅当作一个笑话，讲给理津子听。看来，我已经对扮演丑角一事十分在行了，应该说，自己已经入戏了。

"啊啊，对了……"

理津子说。

"那个，我一眼就看到了。"

她只是说了这么一句，好像并不打算继续谈论下去，也没有露出笑容。

这样一来，我就失去了谈资，不得不沉默下来。事到如今，我总不能跟她提起"你妈妈还真够厉害的啊"这样的话题来吧。

"其实，我一直都很想见你。"

理津子突然打破了沉默。夜风轻抚着她的秀发，窗外依旧传来阵阵蝉鸣。我不做任何期待，静静地等着她接下来的发言。

"我觉得，自己喜欢上你了。"

蝉鸣消失了，我耳朵周围瞬间化作真空。

我怀疑自己听错了。

"啊？"

我不由自主地喃喃道。现在想来，当时我整个脑袋里恐怕就只有那个字而已。

"我后来一直想了好久。我已经一无所有了。先是失去了父亲，母亲又是那个样子，这几个月就没有发生过好事……"

说到最后，理津子的声音已经近乎喃喃自语，分不清她究竟是在说话，还是在叹息。

"所以，我现在只剩下你了。这是我最后察觉到的事实。"

我依旧怀疑自己的耳朵是不是出问题了。怎么可能？这一定是我幻听了。

"一开始，我并没有觉得你多么重要。只认为你这个人蛮有趣的。可是自从前天被你一吻，我终于明白过来了。当时我想，这个人肯定就是我命中注定的那个人。昨天我在家里待了一天，想了好久，才终于想明白的。"

蝉鸣和人声渐渐回到我的脑海。

"对不起，突然说了这么唐突的话。"

听到理津子道歉，我依旧无言以对。

"还有，前天我没能遵守约定，真是太对不起了。"

"那种事情……"

面对理津子突然造访这间陋室的幸运，我一时还无法适应。

"因为母亲百般阻挠，我那天根本没法出门。"

"是吗？"

我并没有告诉她我打过电话的事。

"听说你辞去了关东调研中心的兼职？"

"嗯，虽然我想一直干下去，但其实都无所谓了。反正我一开始就是为了离开那个家才找兼职做的。"

"那你以后打算怎么办？"

我故作淡定地问道。

"你觉得我该怎么办呢？"

她把问题抛了回来。被她这么一问，我终于明白了自己的立场。我发现，自己突然成了一个必须负起责任和通晓事理的男人。

"你问我该怎么办啊……我觉得吧，你母亲有些异常，不如暂时跟她分开，自己独立生活一段时间吧。"

我话音刚落，她一直放在膝上的手便向我伸了过来。紧接着，她身体微微前倾，握住了我的手。

"救救我吧。"

理津子叹着气说。我吓了一跳，脑中瞬时涌出不知该称为恐惧还是欢喜的感情，身体一阵颤抖。

"我？救你吗？"

理津子用她冰凉的手紧紧握住我，那纤细的手指娇美得让人惊叹不已。她的视线停留在我脸上——这也有可能是我的错觉。迷茫的我只得一味地躲避她的目光。

"没错。"

"从哪里？"

"从我现在的生活，从我母亲的手中。"

我能行吗？仅凭我的微薄之力，真的能行吗……我不停思考着。

我只知道，她把赌注都押在这个只有十九岁的我的身上。我必须对此有所回应。

"我实在太痛苦了，总是遇到讨厌的事情。好不容易找到个工作来逃避那些麻烦事，最终还是没能坚持下去，我已经太累了。我再也受不了了，再也不愿意待在那个家里了。我很伤心，很伤心，最近发生的事情都让我太伤心了，可是我却无能为力，只能盼着有人来救我出去……你说，我今晚该怎么办呢？是不是该回家去？还是说，最好别回去呢？"

此时，我终于能直视理津子的脸了。只见她眼角噙满了泪水，用恳求的目光看着我。那惹人怜惜的视线正凝视着我，等待我这个男人发号施令。这样的理津子我还是头一次见到。或许是因为她太累了，也有可能是别的原因，把她变成了现在这副弱女子的模样。

我此前只见到过充满活力、性格坚强的理津子，面对她现在这个样子，我不禁感到有些眩晕，也可以说是打击过度了。并且，我第一次觉得她其实很可爱。她一直以来对我这个比她小的男人表现出的优越感，此时已经消失殆尽。如此一来，我终于看到了她的本来面貌。

"你刚才说独立，我该怎么做呢？"

她突然问了个奇怪的问题。

"当然是找个公寓自己住进去啊。现在的大学生多数都是这么做的，这已经一点都不奇怪了。"

"然后还继续上大学吗？"

"那当然啦。"

"可是那样的话，我母亲肯定会到大学去查我的公寓在哪儿吧？"

是吗？原来如此。

"话说回来，你母亲为何会对你如此严厉呢？"

"那是因为……她本来就是那样的人。"

理津子又垂下了双眼。

"不好意思，我还是觉得那过于异常了。那种行为完全不能称之为正常。"

我话一出口，就引来了一阵沉默。

"今晚我该如何是好呢。"

理津子又说了句漫无边际的话。

"今天已经很晚了，你还是回去吧。"

我这个煞风景的房间一点都不适合理津子。她和我的房间简直就是天和地的差别。为此，我一直觉得没脸面对理津子。而这种自卑的心情，催生了我刚才的那句话。

"还是说，你明天就再也无法离开那个家了？"

"不，那倒不是……我觉得，稍微离开一下还是没问题的。"

"那我们明天再见面吧。我现在先送你去车站。"

我说着便准备站起来，可是理津子却并无反应。她像那天站在京滨东北线的电车里一样，靠在我的窗前，一动不动地凝视着院子里的植物。她目不斜视地问：

"你觉得那样比较好吗？"

"什么意思？"

我重新坐下，反问道。

"你想把我送回去吗？"

莫非她想留在这里吗？说老实话，我一点都不想送她回去，若能一直待在一起，当然是再好不过了。

可是，我对目前的状况并不熟悉。听她那样说话，我并不十分高兴。因为对纯情的我来说，那种台词应该是轻佻的女人才会说出来的。

"我不想回家了，能让我在这里住一晚吗？"

她清楚地问道。我不知该如何回答。我当时还太年轻，很难把这一状况当成大好的机会。

"我已经准备好离家出走了。你看，我把换洗衣服和存折都带来了。"

理津子说是这么说，身上却只带着一个小小的手提包。

"在哪里？"

"我放到车站的储物柜里了。"

说完，她又盯着我。

"求求你，我现在能依靠的只有你了。"

我也紧紧盯着她。心跳开始加速，我只得做了个深呼吸，对她说：

"既然如此，如果你不觉得这里太简陋的话，我是无所谓的。"

那天晚上,我把被褥让给理津子,自己则拿了一条毛巾在她旁边睡下了。虽然我整个晚上难以入眠,却没有碰理津子一根指头。

说句实话,我当时还没有任何男女之事的经验,因此,根本没有萌生出占有理津子身体的想法。应该说,我更想保护理津子的处女之身。想到自己从丑角升级成了骑士,我不禁欣喜万分。本来我应该感觉自己置身天堂了,但面对如此剧烈的角色转变,老实说,我反而没什么感觉了。

3

我突然被摇醒,睁开眼一看,天已经亮了。在光线射入眼睛的那一瞬,我同时转动起了大脑,立刻便想起了昨晚的事情。

理津子。

这样说来,理津子应该还在这里啦?不,那一定是梦,她一定早就从这间陋室里消失了。

我反射性地坐了起来,转头往后一看。结果——

理津子就在那里,正冲着我笑。我那简陋的印花三合板矮桌上,放着我那简陋的咖啡杯,杯里正在冒着热气。

"早上好。"

她说。

"啊,您早安。"

我说。

"你怎么这么客气!"

她语中带笑地说。

"我给你冲了咖啡。"

"啊,真是太不好意思了。"

我用沙哑的声音回应着,站到了洗脸池前。

蝉鸣依旧嘈杂,中间还掺杂着清晨的鸟鸣。听着外面的虫鸟大合唱,我一口一口喝下理津子为我冲的速溶咖啡。

"我本来想给你做点吃的,可是,这里还真的什么都没有呢。"

"是啊,因为我没有冰箱,不如我们到外面去吃吧。"

"好吧……"

理津子若有所思地说。

"要不我出去跑一趟,买点食材回来?"

理津子闻言,马上打断我。

"不如我们喝完咖啡就离开这里吧?我母亲可能会找上门来的。"

"哦……"

我想想觉得也对。毕竟写着我地址的那个条幅现在仍华丽丽地悬挂在山谷之家门前。

"我们去哪儿好呢?"

"去哪儿都行。总之,待在这里太危险了。"

我思考片刻,突然回忆起昨天和前天那让人窒息的闷热。看了看窗外,今天又是一个大晴天。

"那，不如我们去镰仓吧，游泳去。"

"好啊！这个主意真好。不过，我得先找个地方买泳衣才行！"

理津子的眼睛突然放出了光彩。

那天是星期五。要是再晚一天出门，估计就要被埋在人海里，根本游不动了吧。我们马上离开了公寓，绕了条远路前往蒲田车站。理津子由始至终都在警惕她的母亲。就连她从车站储物柜里把行李拿出来时，也没忘了先查看四周的情况。因为看起来很重，我接过了她的包袱。

我们途中绕到横滨，理津子在那里买了泳衣。我在店门口等了几乎一小时。这对我来说也是个新鲜的体验。我此前根本不知道，女性买衣服或泳装竟然要花上这么长时间。

如此这般，我们到达由比浜时，已经接近下午三点了。虽然是工作日，这里还是游人如织。我是直接在公寓穿好泳衣过来的，到附近的海之家①迅速脱掉衣服后便跑上了沙滩，找到阴凉的地方躲避烫脚的沙子，等待理津子出现。

"让你久等了！"

理津子边说边走到我身旁。她的皮肤真白，身上穿着一件说不上是茶色还是金色，总之让人觉得很不可思议的连身泳衣。

我发现，理津子一现身就吸引了周围所有男人的目光，而他们中有很多人都瞪大了眼睛。他们一动不动地盯着理津子，估计

---

① 日本用作观光地的海边都有海之家，可供游人更换衣服，同时也出售炒面等小吃。

把她错认成了某个明星，正在努力回忆她的名字吧。男人们的目光毫无顾虑，当我们踩着烫脚的沙子走向海边时，他们的视线也一路追着理津子的身影。

受到如此待遇的理津子就走在我身边，这让我喜不自禁。理津子是那么地美，她的皮肤好似细腻的白绸一般。

"你今年第一次到海边来吗？"

虽然不用问也知道，但我还是问了。

"是啊。"

"哦，其实我也是今年头一次来。你看，我俩的皮肤都还这么白。"

"还真的是呢。"

"一定是你母亲不准你到海边玩吧？"

"就是啊。"

我们走到被浪花打湿的沙滩上，脚底总算不用再受煎熬了。今天的浪高得有点出人意料，每每打在岸上，都会发出巨大的声响。理津子似乎有些害怕，用纤细的手指握住了我的手。

"我们下去吧！"

我用力拉起理津子的手，向新的一波海浪跑去，没入其中。理津子在我旁边发出了尖叫。

待那一波海浪平息下来，我转头看向理津子，只见她正在拭去脸上的海水，露出了灿烂的笑容。紧接着，她又用双手舀起海水，向我泼了过来。

又一轮波浪冲了过来，撞在理津子身上。她大叫着，后退了好几步。

　　浪花在岸上撞得粉碎,我在理津子身边看到了小小的彩虹。对我来说,这一瞬是如此鲜艳而耀眼。那小小的彩虹,我直到现在也难以忘怀。

　　游了一会儿,我们回到沙滩上,在人群间找到了仅有的一点空地,并肩坐了下来。

　　抬头眺望,晴空万里,沙滩在夏日骄阳的照射下,反射出一片耀眼的白光,让人不得不眯起眼睛才能直视。能提出到海边来这一绝妙计划,我都恨不得给自己发奖状了。想到这里,我脑海中浮现出了自己那应该已经热得如同蒸笼一般的陋室。

　　因为待在沙滩上,理津子会引来很多人的目光,我决定再回到海里去。于是便借了块浮板,带上理津子,推着她向海面游去。

　　随着我们远离岸边,周围的人也渐渐变少了。刚才在岸边激荡的浪花此时也平静了不少。

　　"别游太远了,我害怕。"

　　理津子说。她似乎不太擅长游泳。可是我并不理会她的话,还是一个劲地往外游去。

　　不一会儿,我就看到了一串橙色的漂浮球,这里已经是海滨游泳场的边界了。我放开理津子,把身体靠在漂浮球上稍事休息。

　　理津子抱着浮板游到我身边。

　　来到这么远的地方,已经听不到岸上的人声了。周围都是一片难以名状的静寂,只听得到海水拍打漂浮球的声音。

　　"真安静啊。"

理津子说。

"嗯。"

我答道。

"哈哈,今天玩得真开心。"

她喃喃道。

"水冷吗?"

"嗯,这附近的水挺冷的。"

的确,越是远离岸边,海水的温度也就越低。跟这里相比,浅滩那边简直热得像澡堂一样。

"不过很舒服啊。"

"我也想到你那边去。"

"那就过来吧。"

我说。于是,理津子被晒得微微发红的身体便从浮板上慢慢滑入水中。随后,她用蛙泳的姿势靠到我旁边,我俩抱住了一个小小的漂浮球。

"身上都被太阳晒红了呢。"

我说。

"是啊,等会儿可就要命了。"

然后,我们就都沉默了。

如同被那阵沉默所催促,我慢慢地,吻上了理津子的双唇。理津子放开漂浮球,抱住了我的身体。我也放开手,紧紧抱住了她。我们二人稍微沉入了水中。

在准备放开她时,我的手,隔着泳衣蹭到了理津子胸部附近。

那手感异常柔软，丰满诱人。

我不禁想再试试她乳房的触感。我抱着她裸露的肩膀，试图克制自己的冲动，可是，我输了。

我再次低头亲吻理津子，同时，右手从她泳衣上方伸了进去。因为我们都在水中，这一动作做起来非常顺畅。我的手轻易便掌握了那柔软的隆起，一下便碰到了她的乳头。我用指尖稍加逗弄，理津子便在我耳边发出了细细的喘息。于是，我又夺去了她的双唇。

我从她的泳衣里抽出手，理津子慌忙低下了头。她的额头碰到了我的脸颊。

与理津子的交往，对我来说就是一段发现之旅。但我无论如何都无法认同，刚才那些大男子主义的强硬行为是不需要道歉的。

我的身体在寻求着理津子的身体，迫不及待地想有进一步的举动。可是，当我的欲望最终得到满足时，我真的不需要向她道歉吗？

"啊，浮板！"

理津子突然说。我转头一看，只见理津子刚刚抱着的浮板不知不觉已经漂到了远处。我赶紧游了起来，去追赶逃跑的浮板。

好不容易取回浮板，我看到理津子像我刚才那样，抱着漂浮球正等我回来。她的表情显得有些阴沉，但见到我靠近，又马上变回了明朗的笑脸。

我抓住浮板，理津子抱着漂浮球，我俩肩并肩，呆呆地任浪花拍打在我们身上，同时眺望着夕阳慢慢落入江之岛①的阴影中。

水温开始迅速下降，远处岸上的喧嚣也慢慢平息下来。可是，我们依旧没有游回去的意思。

刹那，夕阳把波浪染成了炫目的纯金。我眯起眼睛，眺望着那片金色。理津子也一同眺望着。

那瞬间的灿烂如同海水浴的闭幕铃，当炫目的金光消散后，我们便开始缓缓向岸边游去。

穿好衣服，我们走在黄昏的街道上，朝鹤岗八幡宫进发。理津子从白色连衣裙中伸出的双腿，被太阳晒得发红。

登上八幡宫的石阶，我们进去参拜了一番，参拜结束后，便沿着参道②返回，找了家餐厅吃晚饭，然后又走进一家叫"M"的咖啡厅，点了两杯冰咖啡。

理津子专心致志地读着店里的书。我担心时间太晚就回不去了，只得催促理津子快走。她瞥了我一眼，又重新埋头看起了书，似乎并不打算听我的话。那本书是一个时钟收藏家给自己从全世界搜寻而来的时钟——拍照，并附上一段小故事写成的散文集。理津子似乎很喜欢。

"你想在这待到关门吗？"

---

① 神奈川县藤泽市片濑海岸附近的陆连岛（经沙洲与陆地相连的岛屿）。周长四公里有余，是当地名胜。
② 从神社入口延伸到御神体（神社供奉的圣物）前的石板路，人们只能在上面步行，不得骑马或乘车。因此，在参道入口处都会竖立一块写有"下乘"或"下车"的木牌。

我问。

"我不想回东京。"

理津子抬起头来说。

"你不想回去吗?"

"是啊,回去太危险了。不如我们今晚就在这附近找个地方住吧?"

"危险?你是说你母亲吗?"

理津子没有回答。可是,她似乎已经做出决定了。

问题是,要找酒店过夜,这对我的钱包负担太大了。话虽如此,我又不能让理津子出房钱。

"别担心啊,你母亲那边,我们总能想到解决办法的。还是回东京去吧。"

我说。

"回了东京也一样。我不可能一夜之间就找到公寓入住,不是吗?说来说去,我还是要找酒店过夜嘛。所以在这里住也一样啊。"

"可是……"

"钱的话,我有。"

"我说的不是那个问题……"

其实就是这个问题。对我来说,唯一的问题就出在孔方兄身上。

"要是你想回去,就一个人回去吧。我就住在这里了。"

既然如此,我也只得照她的意思去做了。

当天晚上,我和理津子的关系也没有更进一步。

4

第二天，我们决定在镰仓观光。理津子无视我省着点花钱的意见，直接把出租车叫到了酒店门口，向司机报出了好几个镰仓名胜。

镰仓这个城市留给我的印象，是满大街的蝉鸣。无论走到哪里，蝉鸣都如同洪水一般倾泻在我们身上。

来到海岸线，我们发现这里的游人比昨天多了好几倍，让人完全提不起心情游泳。海之家估计也被挤得满满的吧。在攒动的人头间，仅能看到星星点点的海蓝。

理津子简直就像微服私访的女王一般。她的金钱观念与我截然不同。与其花这么多钱坐出租车，干脆自己买一辆车不是更好吗？我花了好大力气才强忍住没有说出这句讽刺的话。

在给出租车司机付车费时，我偷偷瞥了一眼理津子的路易·威登钱包。那里面塞满了万元大钞，我以前从未见过这么厚的一沓钱，粗略估计得有一百万吧。我忍不住问她，那些钱究竟是哪里来的，她竟回答说，那是自己的私房钱。

太阳开始西斜，理津子今天总算没有说要继续待在镰仓。也可能是因为周六实在太多人了吧，或者说，理津子已经把镰仓逛腻了。于是，我们便在太阳落山前坐上了回东京的电车。

"不知道房产中介下班没有呢。"

理津子对我说。我看了看手表，现在才四点。

"嗯，不知道，毕竟今天是周六啊。不过有的地方可能还没下班。你要找房子吗？"

"嗯。"

"在哪里？"

"总之蒲田是不行的。因为你的公寓在那边啊。然后自由丘也不行，因为我母亲经常到那里去。所以，只要是除了那两个地方之外，任何一个远离品川的地方都可以。"

"而且还得是有许多公寓的地方。"

"对啊。"

我倒是不怎么希望她住得离我那里太远。

"那大森怎么样？"

大森就在蒲田旁边。

"嗯，大森也可以。"

理津子说。

"好，那就这么定了。我们去大森看看吧。"

我们在大森站下车时，已经是下午六点了。由于连续两天的游玩，两人都有些疲惫，所幸的是，没走多久就看到了一家还亮着灯的房产中介。我们推开贴满了推荐房源的玻璃门，里面坐着一名五十岁左右的男性，正趴在桌子上写东西。

理津子走了进去，告诉他自己想找公寓，中介就问她，你想找什么样的房子？理津子回答，什么样的都行。

这可有点难办了，中介说。作为旁观者的我，也觉得这个要求实在有点伤脑筋。要独立卫生间吗，还是公用的也行？面积是四叠半就行呢，还是要宽敞的 2DK[①]？

"什么样的房子都可以。"

理津子又重复了一遍。

"只要是现在马上就能入住，而且不需要担保人的房间，就算房租有点高，面积有点小，我也无所谓。"

中介闻言似乎有些惊讶。

"您是学生吗？"

"是的。"

"既然如此，就不会很麻烦了。如果您想租高级公寓，那就另当别论了。您运气很好，我这边刚好收到一个比较好的房源。您今晚就要住进去吗？"

---

①日本房产对房屋构造的表记方式。2DK 意为除去起居室、厕所和洗澡间之外有两个房间，附带餐厅和厨房。

"是的。"

"那我们赶紧去看看吧。从这里走过去只要十分钟,这样可以吗?"

"没问题。"

我们三人走了出去。中介带着我们拐进了迷宫一般的小路里。

"地方在山王,那个公寓可是真不错。"

一路上,他只说了这么一句话。

到实地一看,那果然是个挺不错的小公寓。房间位于一座二层公寓的二楼,是角落的房间。虽然没有浴室,但有独立的卫生间。里面有个六叠的房间和四叠半的厨房,是个1DK。这里跟我那个陋室相比,简直好太多了。

"不错,我很喜欢这里。就这么定了吧。"

理津子不假思索地说。

"今晚就住进来,应该没问题吧?"

"啊,当然没问题,我们先回去填写一些简单的资料吧。来,这是房间钥匙。"

中介说着,把钥匙交给了理津子。看到房间已经定了下来,我便把理津子携带的包裹放在了厨房一角。

锁上门,我们三人又走了出来。沿着金属楼梯下到街道上,放眼望去,周围密密麻麻的全是居民楼。

"山王嘛,可是高级住宅区啊。"

心思缜密的中介在理津子做出决定以后,才不紧不慢地说:

"这里的路有点窄,消防车很可能进不来哦。所以请您充分注意防火。"

在中介的表格上填好父母和大学的名字后，入住手续就完成了。因为房东住得比较远，中介还把付房租的账号和房东的地址给了理津子。

"没有被褥呢。"

离开中介的办公室后，我说。

"是啊，不知道车站前还有没有正在营业的商店呢。"

"现在肯定已经没有了。"

我说。此时已经将近八点了。

不过，我们走到车站附近一看，那里竟然还有一家老旧的寝具店正在营业。透过因年代久远而有些泛黑的木框玻璃门，可以看到里面堆满了粉红色的寝具。

我们进去买齐了一套床上用品，年轻的男店员还热心地说："既然今晚要用的话，我马上给您送过去吧。"

理津子转过头来问我：

"那今晚就不用担心了。不过明天我还得出去买很多生活必需品，你能来帮忙吗？"

"当然可以，我明天起床后马上就过去。"

我回答。

"那就拜托你了。"

理津子说完，似乎还有话要说，露出了欲言又止的表情。我觉得有些奇怪，便一言不发地等着。不一会儿，理津子抬起头，像是豁出去了。

"我母亲可能会去找你。"

"到我公寓里吗?"

"是的。不,她一定会去找你的。如果你见到她,记得要说不知道我在哪里哦。"

"那当然啊。"

"一定不能告诉她哦。"

"当然当然。"

"母亲这个人非常固执。也不知她会不会相信我们那之后根本没见过面……"

"没事,只要说我前天离开东京,一直都没回来过就好。我就跟她说,我到镰仓的朋友家住了几天,这样应该就没问题了吧?"

"对,没错!这个借口不错。要是我母亲来找你,你就那样说吧。"

"OK。没事的,你不用担心。那明天见啦。"

"好吧……"

理津子听了我的话,好像还是有些不放心。她静静地看了我好一会儿,才与我在大森的寝具店门前道了别。

走出蒲田车站,我回到了自己公寓门前,发现有个人影坐在水泥台阶上,正缓缓站了起来。人影确实是在看清我的全貌后才有所动作的。我毫不在意地继续前行。虽然她没入了周围的黑暗中,我还是知道那就是理津子的母亲。

"你把理津子藏到哪里去了？"

待我走到面前，理津子的母亲问道。

"啊，这不是小池小姐的……"

我假装现在才发现她的存在。

"你把理津子藏到哪里去了？"

小池母亲重复道。

"理津子小姐她怎么了吗？"

我开始装傻。

"别装傻了！我知道得很清楚。你们刚才还在一起对吧？"

"我们没有在一起啊。理津子小姐她不见了吗？"

"她前天到这儿来了是不是？就是前天晚上。看你这样子，是到海边去了吗？跟理津子两个人去的？你究竟把理津子藏到哪里去了？！"

我开始思索，为何小池母亲会找到我住的地方。理津子不可能告诉他，那么，小池母亲必定也看到了我留下的那个特大涂鸦。这样一来，我再隐瞒自己在等待理津子这一事实，就显得很不对劲了，于是，我瞬间做出了判断。

"的确，我直到前天为止都在等待理津子小姐的出现，但她却一点音信都没有，于是，我就在当天下午一个人跑到镰仓的朋友家玩了。如果理津子小姐真的来过这里，那她应该是与我擦肩而过了。"

小池母亲听我说完，沉默地呆立在了原地。她似乎在判断我所说的话是否属实。过了好久，她才又开口道：

"那理津子到哪里去了？"

"我怎么可能知道呢！"

我立马反驳道。

我与理津子事先想好的这个谎言，似乎还蛮成功的。

"而且，理津子小姐的母亲，您误会我俩的关系了。"

我瞅准她瞬间露出的破绽，反守为攻。

"我和理津子小姐的关系根本没有您想象中的那么亲密。我们只是普通朋友而已，不，甚至连普通朋友都算不上吧。我们因为同在关东调研中心兼职，才刚认识不久而已。不信你可以到调研中心去问问啊。我们只认识了一星期，这是所有人都知道的事实。"

"就算只认识了一星期，孤男寡女也是有可能搞到一起去的。"

小池母亲说。

"可是，我们只见过这么两三次啊。"

"要是你们只见过两三次，为什么理津子要为你离家出走呢？"

"我跟您说过了，她离家出走跟我完全没有关系。如果她真的是离家出走了的话。"

"那你说到底该怪谁啊？"

"那我可就不知道了……我不知道这么说妥不妥当，其实我觉得，理津子小姐离家出走并不是为了见外面的情人，只是单纯地想离开那个家罢了……"

"你怎么说话的？"

我话音未落，就被小池母亲尖声打断了。

"你这个乳臭未干的臭小子，有什么资格对别人家的事情说三道四。"

我沉默不语。想到理津子如今正待在只有我一个人知道的地方，等待着我的帮助，我便觉得自己能够经受任何侮辱了。

"臭小子吗？"

我冷静地回应道。

"那您为什么会认为，自己女儿会跑到这么一个乳臭未干的臭小子这里来呢？她不是应该找个更为可靠的大人吗？"

听我这么一说，小池母亲似乎也想明白了。

"理津子是我一把屎一把尿带大的孩子。没有人比我更疼爱她了。对那孩子的爱，我是不会输给任何人的。"

她突然像对待同等地位的大人一样对我说起话来。不过考虑到她为人母亲的心情，这种话她应该对任何人都会说出来吧。

"如今她失去了父亲，我就是她唯一的亲人了。那孩子真的很孤单。因此，我要在一个好人家把她培养成一个出色的女性，不让任何人在她背后指指点点。"

我并没有认真听她说话。我刚才已经说过，理津子真正想逃离的就是她这样的母亲。

看来其中有些隐情啊，请您跟我说说吧，我差点儿就说出了这句话。我很想知道山谷之家这对母女间的隐秘。可是，小池母亲应该不会对我这种臭小子敞开心扉的，因此，我最终还是没有问出来。

"要是理津子来找你了，能请你马上联系我吗？你应该知道我家电话号码的。"

我点点头,是因为我确实知道她家的电话号码,而不是要答应她发现理津子马上联系的请求。

"最疼那孩子的只有我了。就算那孩子有什么不满,我也是她的亲妈。那孩子最后能依靠的只有我而已,因为我是绝对不会害她的。毕竟我是她的亲生母亲,血浓于水啊。你觉得呢?"

我没有点头,并不是因为我不赞同她的话,而是没有听懂。

"那麻烦你了,看到理津子请马上联系我。"

小池母亲说着,对我这个臭小子低下了头。随后,她便转身走向蒲田车站的方向。她的背影看起来竟是如此瘦弱。

5

我第二天早上六点起床,稍事洗漱便出门到理津子位于大森的公寓去了。途中因为害怕被理津子的母亲跟踪,我还故意绕了个夸张的大弯,并无数次确认是否有人尾随。因此,当我在大森下车,到达理津子的新居时,已经将近八点了。这一小段路,我走了将近两个小时。

理津子的房间门是象牙色的,上面还嵌着一个猫眼。我敲了敲门,里面传来了透过猫眼察看来客的动静,很快,理津子就开门了。

"你已经起床了?"

我说。

"那当然啊。"

她笑道。看来，单身生活的新鲜感正让她兴奋不已。

我告诉她，昨晚她母亲真的到公寓找我了。理津子闻言，脸色一下就阴郁起来。她只点了两次头，并没有说话。

"不过，我当然什么都没告诉她。只骗她说我前天一个人到镰仓去玩了。刚才来找你时，我也故意绕了个大弯，生怕被人尾随，还不停往后看呢。不过还好，没有任何人跟踪我。我一路上都是专门找又长又直、无处可躲的大道走过来的。"

我略显得意地向她汇报。

"进来吧，我做点东西给你吃。"

我脱掉鞋子，走进理津子的房间。理津子探头看了看周围，才把房门关上。

昨夜还空无一物的厨房，现在已经摆上了小小的煎锅、几个纸碗碟，甚至还多了个白色塑料砧板，上面放着切碎的蔬菜。

"昨晚我又到别的地方买了这些东西。这下至少能做点三明治了。"

"我要什锦三明治和柠檬茶。"

我模仿理津子在银座的O餐厅点餐的口气说道。理津子闻言笑了笑。她的笑容映照在清晨爽朗的阳光下，显得分外耀眼。

"后来呢，我母亲说什么了，听完你的借口后？"

"她说，如果理津子来找我，请我马上给她打电话。还说最疼那孩子的是她这个亲妈。"

坐在没有任何家具的六叠榻榻米上，我一边回答，一边凝望着正在切面包的理津子的背影。因为她不发一言，我很难猜测她现在的表情。

理津子在榻榻米上铺了一张茶色纸垫,把装在纸杯里的红茶和放在纸碟上的三明治摆在上面,跟我一起吃完了早餐。理津子说,这是包棉被的包装纸。

她做的三明治很好吃。虽然这餐吃得有点简陋,但我还是感到万分幸福。

吃完早饭,我便与理津子走到车站前的商店街购物。当时的大森站前还没有现在这样的大型超市,而是排列着一家家小小的杂货店和食品店。因为在这里实在买不到像样的家具,我便提议到自由之丘转转。因为母亲也经常光顾那一带,理津子在听到自由之丘这个字眼后难免露出了为难的表情,但她好像不太想到都心的闹市区去,最后还是同意了。

一边警惕她母亲的出现,一边与理津子逛超市和家具店的感觉还不坏。整个过程都挺刺激的。

我不禁想,自己会跟理津子一直交往下去,直到结婚吗?现在的我俩,看起来像不像即将开始新婚生活的年轻夫妇呢?如果真能走到那一步,该有多好啊。可是,我又有些不安,总觉得我们的关系走不到那一步。我们要成为夫妇,还缺乏了一个要素,而且,那还是个致命的缺陷。到底缺了什么呢……

跟理津子在一起时,我总是会考虑这个问题。虽然要得出结论很难,但我认为,我的不安完全起因于我对理津子的不了解,仅此一点而已。

"理津子,你家里好像有些隐情嘛。"

我曾经数次，按捺住惶恐的心情抛出这个问题。可是，每每都会被理津子伤心的表情和沉默打败，再也无法追问下去。

一天过去了，两天过去了，仰仗理津子的财力，她的房间越来越像样了。跟我那个连电风扇都没有的陋室比起来，理津子的房间要舒适得多，因此，我便像木工或搬家工人一样每日泡在理津子的房间里，不是帮她搭个架子，就是帮她安个纱窗，很是奋斗了一番。甚至深夜还在奋力挥动锤子，不小心还被楼下投诉了。

坐在这个日渐变得更适合女孩子居住的六叠房间里，望着纱窗外夕阳西下，看着小彩电里正在播放的夜间棒球比赛，我不禁觉得，这是我人生最得意的时刻。理津子打开小小的冰箱，给我拿了一瓶冰镇可乐。因为我还未成年[①]，她从来不往家里带酒精饮料，自己也坚决不喝。看来，她好像也不太喜欢杯中物。理津子用纤细的小手把可乐倒进两个杯子里，与我碰了杯。我活了十九年，今天，第一次与人干杯了。

尽管如此，我还是没动理津子分毫。只要我愿意，任何时候都能在理津子这里过夜。可是，我依旧会每晚老老实实地坐电车回蒲田。

连我自己都无法理解自己这种心理。事到如今，我已经无法想起当初这么做的理由了。或许，是因为害怕吧。因为我从未有过男女之事的经验，害怕到了关键时刻，万一无法满足理津子，就会把我作为男人尚不成熟的一面暴露出来。

[①]在日本，过了二十岁的人才算成年，而未成年人是禁止购买或饮用含酒精的饮料的。

可是，理由当然不止这些。我还对自己的，或者说是对男人的"性欲"抱有某种难以磨灭的罪恶感。我当时尚无法把自己尊敬并深爱的女性当成满足性欲的对象。

我有时也会凭借脑中理津子身穿泳衣的记忆来想象她的裸体。可是，无论我如何催动自己的想象力，她的身体都绝不会带有性器官。

用于满足自身性欲的女性，以及深爱的理津子，这两种女性的印象，就像窥视老式照相机的取景器一样，相隔了一段距离，分别存在于镜框的左右两侧。要想调节焦距，让两种印象重叠在一起，对当时的我来说，还需要花上很长时间。

但不管怎么说，我当时都处在了幸福的顶点。而众所周知，真正的幸福从来都不会持续很长时间。

第五章 偶像

1

理津子在大森租下一间公寓，至今已经过去一周了。某个星期天，我和理津子约好到涩谷去看一部叫《极速狂飙》①的电影。

九点刚过，我就睁开了眼睛，正在准备早餐的烤面包时，外面忽然下起雨来。我走过去把窗户关上。这场雨下得非常大，连电视机的声音都被雨声盖过去了。

为了等雨变小，我吃完早饭后又在房间里待了一段时间。因为窗户关得紧紧的，室内一下就闷热起来。T恤渐渐被汗水浸透，我开始有种不好的预感。

听到外面的雨声稍微变小了些，我便把钱包和月票塞到牛仔

---

①一九七一年在美国上映的赛车电影，又译《勒芒》(Le Mans)。

裤口袋里，走到门口，从鞋柜里拿出雨伞。正准备穿鞋时，我的动作突然停了下来。因为我发现，鞋子里塞了张白色纸片。我弯下身，把纸片捡起来。展开那张折了四折的纸片，瞬间，我的心脏像是掉进了冰窟。

那是一个成年人的端正笔迹。上面只写了一句话——千万不能出门。

那字迹跟我不久前收到的明信片上的字完全不同。写明信片的人明显试图掩饰自己的笔迹，故意用笔直的线条写出了很差劲的字。这次的纸条却不一样，字体相当漂亮，而且，一看便知是中年人才写得出来的字。

我如同目睹了不可思议的奇迹，过度的讶异反而让我产生了不可抑制的恐惧。是谁，为了什么要做出这种事情来，我所关心的并不是这个。不，或许还是有些好奇的。虽然有些好奇，但我更想说的是，这种事情根本不存在可解释性。因为我昨晚从理津子的公寓回来后，马上就锁上了房门，又把窗户锁好才睡觉的。直到现在，那两个锁都从未被打开过。不管是谁写了这张纸条，照理说，他都没可能把它放进我的鞋子里。

我陷入了片刻的茫然，犹豫着应不应该听纸条的话放弃外出，还把鞋子拿起来仔细查看了好几遍，生怕把脚塞进去后，又会发生什么奇怪的事情。可是，那里面没有任何机关陷阱，还是我的那双旧鞋子。

结果，我还是出去了。因为想念理津子的心情最终战胜了不安。我关上房门，用钥匙上锁，撑开伞，走进雨中。我低头走着，牛仔裤的裤腿被雨水溅湿，颜色渐渐变深。

为了避开车辆，我走进了小路，拐过第一个转角，走了三十多米后——

"喂，小子。"

一个粗哑的声音突然把我叫住了。

因为今天是周日，很多公司都拉上了卷帘门。我看到在其中一个屋檐底下，站着三个大个子男人，他们正在躲雨。三人齐刷刷地留着中分头，穿着白衬衫。他们的衬衫被雨水淋湿，透出了胸前的肉色。此外，三人都一脸凶残，没有一个人打伞。

"啊？"

我停了下来。就在那一瞬间，雨势突然变大，在柏油路上溅起大量白色水雾。

叫住我的男人好像又说了什么，但因为雨势太大，我没有听清。只见左右两侧的人突然向旁边动了动。紧接着，我就被打倒在湿漉漉的柏油路面上。

我完全搞不清楚状况。几秒钟后，被打飞的雨伞落在了我面前。这时，我才终于发出了痛苦的呻吟。

我双手撑在地上，试图站起来，可是，又被其中一个人一脚踢在侧腹，踹飞出去。我惨叫着滚倒在柏油路上。直到我整个人蜷成一团，才停止了滚动。

因为事发突然，我没能采取任何防备，仅仅在一瞬间，身体便遭受了严重的打击。我甚至没有想到反击。看来，这三个人不是什么善类。

雨水流进耳朵里。我焦急地想缓解这一状况，身体却无法动弹。

紧接着，我的头发被粗鲁地抓住，脑袋被迫抬了起来。我奋力伸直绵软的膝盖，想重新站起来。但他们并没有给我这么多时间，而是一拳打向我胸口。我发出了低沉的、像无生命的物体受到碰撞的声音。我的意志已经无法控制自己的身体了。不等我倒地，脸上就又挨了一脚，把我踹得仰天倒了下去。很快，又有一只脚踏在我脸上。

"喂，我家大小姐，你藏哪儿去了？"

一个人踩着我肚子说。

"你把她藏哪儿去了！"

他一边大吼着，一边使劲践踏我的身体。我只得不断发出痛苦的呻吟。身体被粗暴地摇晃，那个声音也不断逼问着。可是在这种情况下，我实在做不出什么像样的回答。

他们似乎也发现，这样下去我什么话都说不出来。很快，另一个男人便让我坐在了柏油路上。他扯住我的T恤领口用力摇晃，我却只发出了断断续续的惨叫。他很快便失去耐心，朝我脸上揍了一拳。我再次倒在马路上，激起大片水花。

他们让我躺了一会儿，很快，又有人抓住我的衣领，把我拽到了屋檐下面。然后，我就又被仰面朝天地放倒了。

"怎么了小鬼，你还想被揍吗？嗯？"

一个人在我耳边说道。我嘴里已经满是鲜血，血量还在不断增加。

174

我继续痛苦地呻吟，假装因为剧痛无法说话。全身的疼痛已经超越了我能忍受的范畴，让我无法保持安静。

"大小姐在哪里？把她的地址告诉我们，好吗？"

一个男人温柔地在我耳边低声说道。我这才睁开眼睛看清了他们。虽然大雨模糊了我的视线，但我还是看到了眼前这个粗眉毛、蒜头鼻、有着两片目中无人的厚嘴唇的男人。一看便知，他不是正道上的人。

我高中时代参加过足球部，也有过几次打架闹事的经验。但这回的对手跟我完全不是一个世界的。我和他们之间的力量差距实在是太明显了。从他们身上散发出类似野兽一般的压迫感，让我的身体动弹不得。我甚至没有勇气握紧自己的拳头。

"怎么了？说不出话了吗？"

男人说。

"小兄弟，你要是再不说，会被我们打死哦。"

另外一个男人说。

尽管如此，我还是一言不发，于是，男人又用力甩了我一巴掌。我口中的血一下飞散到雨幕里，这回好像连鼻血也被打出来了。

因为屈辱和恐惧，以及浑身的剧痛，我的意识一下模糊起来。

"不准发呆，你这白痴！"

我的额头被狠狠撞到了什么东西上——好像是男人的膝盖。我现在已经完全变成砧板上的鱼肉了。我的意识瞬间清醒了一下，很快，在冲击过去之后，我又变得神志不清了。

我的身体恐怕还去被揍上一段时间吧。不过，我的意识早已飞到九霄云外去了。

回过神来，我已经被独自扔在了雨中。雨势大得犹如老天爷打翻了巨大的水桶。我甚至以为自己躺在一个浅浅的水池里。

我从柏油路的水洼中稍微抬起头。因为不这么做我就要溺水了。但只是一个小小的动作，就让我浑身痛得如同火烧。

大雨激起的水花砸在我的鼻尖上。我抬高视线，看了看马路另一边。眼前是白茫茫的一片，看不到任何东西。是因为我的眼睛被打肿了吗？一只眼睛已经肿得睁不开了。耳边是嘈杂的雨声和溅起水花扬长而去的汽车声。到处都充满了水的气味，以及咸味——那是我的血和眼泪的味道。

我惊讶于自己的身体竟然完全无法动弹。这种体验让我想起了那场交通事故。当时的情况也是如此。莫非我又骨折了吗？我脑海中浮现出在品川外科医院住院时的情形，同时还想起了放在我鞋子里的那张纸条——千万不能出门……

"理津子……"我喃喃道。我并没有向她呼救，甚至可以断言，自己根本就没有这样的打算。我心想，总之先自己想办法挪到医院去，包扎完了再回公寓养伤。

过了一会儿，我终于发现那三个黑社会男人已经不见了。太好了，我想。多亏了自己失去意识，这才没被他们逼问出理津子的住址。

就像倒在赛场地板上的拳击选手，在裁判数到八之前争分夺秒地让自己休息一样，我躺在雨幕中一动不动。我把身体弯曲得像只大虾，咬紧牙关，流着泪，等待身上的剧痛慢慢消散。我拼命告诉自己，剥夺了我所有行动力的，正是这难以忍耐的疼痛。若不这样想，我的精神就会被强烈的不安彻底摧毁。这样一来，我就只能一直躺在这里，直到有人来救我了。我从高中参加运动社团的经验中，深切体会到了这一点。

"你怎么了？遇到交通事故了吗？"

身边响起一个男人的声音。我用力撑起肿胀的眼皮，只见一名打着伞的中年男子正居高临下地看着我。

"不，我是被黑社会的人打了。"

我本想这么说，却发不出任何声音。

"我帮你叫救护车吧？你看你流了这么多血，想必伤得很严重。"

男人弯下身查看我的伤势。我不顾剧痛，奋力摇了摇头。若他真把救护车叫来，我就要彻底崩溃了。

"等等，不用叫救护车。"

我终于挤出了一句话。男人把耳朵靠到我面前，又确认了一遍。

"真的不用叫吗？"

我点头。

叫了我就麻烦了。如果被送上救护车，我当然能顺利抵达医院。可是这样一来，恐怕又会被强制住院了吧。一旦住进医院里，我就无法跟理津子取得联系了。

今天，我跟理津子约好了要到大森的公寓去找她。如果迟迟不见我出现，理津子很有可能以为我出了什么事，跑到我公寓来找我。为了她,我无论如何都要回到自己的公寓里。要住院也得等到那之后再说。总之现在,我绝不能让理津子找不到我。

"不用叫救护车了,如果您不嫌麻烦的话,能把我先送回公寓吗?我住的地方就在这附近。"

我用尽吃奶的力气说出了那句话。实际上,我所在的位置距离安田第一庄只有百米之遥。

我强忍剧痛,缓缓站起身来。或许是因为他人在场,我多少能使出几分力气,让自己站了起来。全身都痛得要命,但好像并没有骨折。我身上到处都被打肿了,同时还伴随着强烈的呕吐感。不过,他们应该也算手下留情了吧。真不愧是以伤人为业的恶棍。

"嗯,可还是应该叫救护车来比较好吧?"

男人表现出了我无法理解的固执。我艰难地在柏油路上坐下,疑惑地想。这是为什么呢?

"不,我不能上救护车。"

男人闻言,便说:"那,我还有点急事……"

他只留下这么一句话,便匆匆离开了。

雨一直下。虽然没有刚才大了,但依旧砸得人脸上生疼。我拼命抑制着重新倒在路面上的欲望,以四肢着地的姿势,缓缓向前挪动起来。

花了将近十分钟,才挪了不到十米。这里虽然是小路,但大白天还是有很多行人。有这么一小会儿,我是在一大群撑着伞的围观群众身边,咬紧牙关爬行的。让我感到惊讶的是,竟没有一个人出手相助。

为什么？！我在心中怒吼。你们为什么要漠然围观？如果不想帮我，那就快走开啊！

爬着爬着，我终于想到了原因。那是因为我衣服很脏。刚才那个男人也是因为如此，才一直坚持要帮我叫救护车的。

这究竟是些什么人啊！我心想。想看热闹，却不想弄脏自己的衣服吗？！

屈辱、愤怒、绝望、疼痛，在我缓缓挪动的同时，这些感情却在我心中疾速流窜。怒火逼上咽喉，让我的双唇止不住地颤抖，同时冲破泪腺，让我眼中噙满了血红的泪水。

带着雨水、泪水和血水，我终于回到了自家门前。刚才锁门离开的场景，现在回想起来简直像一周前的事情了。

我抓住门把，痛苦地呻吟着，好不容易站了起来。突然，后背和腹部又袭来一阵剧痛。取出钥匙，反复尝试了无数次，才终于把它插进锁孔。因为我有一只眼睛根本睁不开。

打开门，我直直倒在玄关的三合土地面上，因为剧烈的疼痛而不断呻吟着。我奋力撑起身子，挣扎着把房门关上。至于锁门，我哪里还有如此多的精力。回过神来，我发现右手还紧紧捏着钥匙。我把钥匙甩到房间地板上，又躺了回去。身边发出一声巨响，原来我把鞋柜撞倒了。我的记忆到此为止，很快，我就失去了意识。

2

我被一声惊叫唤醒了。与此同时,浑身的疼痛也瞬间苏醒。我的上半身好像被抱了起来。那个人正奋力把我拉到榻榻米上。随后,我的衣服也被脱了下来。我努力维持着朦胧的意识,忍耐着身上的剧痛,并感觉到,那人正在用湿毛巾给我仔细擦拭身体。

"理津子?"

我问。

"是我。"

她的声音听起来是那么地遥远。

"很疼吗?是被谁打的?究竟发生什么事了?"

她弯下腰来问我,声音里带着难以控制的颤抖。我努力撑开眼皮,但还是只有一只眼睛能睁开。这使我无法看清她的表情。

"我在前面的拐角突然遇到三个黑社会的人，接着就被他们揍了。"

我又费尽力气说了这么一句话。随后我就闭上眼睛，痛苦地喘息。过了好一会儿，我还是没听到理津子的声音。

我本来以为她会说点什么，可是，她却没有做出任何回应。我觉得奇怪，又睁开眼睛。只见理津子的长发垂到了我的鼻尖，发丝正在微微颤抖。她缓缓抬起头，脸上已有几道泪痕。

"对不起。"

她说着，双手握住了我的右手。同时，我也感觉到了她的颤抖。她把我的右手按在脸颊上，泪滴在了我染血的指尖。

"对不起，都怪我。"

我想起了那几个男人对我说的话。

"大小姐在哪里？把她的地址告诉我们，好吗？"

这是他们对我大打出手时说的一句话。

"你……究竟是什么人？"

我低声问出这个问题，马上又后悔了。我本来可以换种说法的……这样一来，就好像我在质问她是否与他们一伙似的。

我听到理津子在叹息。

"我给你把床铺好吧？这样应该会舒服点儿。"

理津子说着站了起来。我看着理津子打开壁橱的背影。

"你有点发烧。"

理津子在我额头上敷了块湿毛巾，轻抚我的脖子说道。她的手指刚接触过冷水，凉凉的非常舒服。

"外面还在下雨吗？"

我问她。因为我听不到雨声。

"还有点小雨。"

理津子回答。屋里十分闷热，今天听不到半点蝉鸣。

"我能把窗户打开吗？"

理津子说着，又站起来把窗户开了一条缝，然后她捡起榻榻米上的钥匙，走到玄关把门锁上了。回来后，她又帮我把额头上的毛巾翻了过来。

"果然，这样下去不行啊。"

她突然低语。什么事情不行呢，我不太明白。

"怎么不行了？"

理津子并不理会我的问题。

"你真的不用去医院吗？"

她转移话题道。

"没事，所幸骨头没有断掉。这点皮肉伤只要睡一觉就好了。"

"是谁扶你回来的吗？"

"不，我一个人回来的。"

"怎么回来的？"

我没有回答。因为我想，自己已经不用再扮演丑角了。

"大家都想帮我叫救护车，可是一旦上了救护车，我就得住进医院了，这样一来，我不就见不到你了吗？"

我说。理津子慢慢抬起双手，盖住了自己的脸。直到此时，我才终于听到了雨声。

"我只想待在你身边。无论遇到什么事情我都无所谓。就算不能做恋人，只做普通朋友也好。我想继续待在你身边，哪怕只能多待一年，甚至一天也好。所以……"

我没能继续说下去。所以能怎么样呢？我究竟想说什么呢？我脑中一片混乱，被高热烧得意识不清。

"我喜欢你。从在病房窗口看到你那天开始就一直喜欢你。所以，无论你是什么样的人，就算你曾经杀过人，我也……"

话一出口，我自己也吓了一跳。因为我根本就没想说那样的话。只见理津子猛地抬起头，直勾勾地看着我。她的眼睛瞪得大大的，眼眶几乎要裂开。那眼神里，露出了明显的恐惧。

"即便如此，我也毫不介意。"

理津子依旧瞪大了双眼，一动不动地盯着我。看到她怯懦的神情，我反而感到了恐惧。

她一言不发，我再次陷入阴郁的情绪中，如同沦陷在深不见底的黑暗里。

她似乎并不打算反驳，而是低声问道：

"为什么……"

我犹豫了片刻，还是断断续续地说了起来。其实我早有准备，因为知道自己总有一天要把真相告诉理津子的。

"我以前一直瞒着你没说，其实，我住院的时候是用望远镜观察你家的。因此，也曾几次见到你父亲出现。他满头银发，戴着眼镜，身材高大，总是一副严厉的表情，看起来有点神经质。因此我曾经想象，他应该是处在某个集团最顶层的人物。"

说到这里，我停下来观察理津子的脸。她面无表情，依旧瞪圆了双眼，眨也不眨一下。在我看来，她就像沉默的化石一般。

"某个下雨的晚上，我很偶然地看到你在日光室被父亲殴打。而且不仅是那样，你倒地之后他还用脚踹你。因此，我吓了一大跳。"

理津子的表情依旧毫无变化，只有黑色的瞳孔缓缓看向了地面。

"后来，连你母亲也受到了牵连。最后，你拿出了一把刀，我想，那应该是菜刀吧。"

我闭上眼睛，当时的场景清楚地浮现在脑海里。

"第二天深夜，依旧是阴雨绵绵。你拖着一个大大的黑口袋，进入医院的工地。我因为睡不着，偶然看到了现场那一幕。

"你拖着黑口袋走下土方车专用的铁板斜坡，进入工地里，然后抄起一把小铲子，把那个大口袋埋了起来。我自始至终都在病房的窗前看着你。"

我再次停下来，焦急地试图用双手撑起身体。理津子伸手按住我的肩膀。

"我想坐起来，帮帮我。"

我说。理津子的手一开始有些犹豫，后来还是撑住了我赤裸的后背。

我艰难地坐起身，面向理津子。

"告诉我好吗？我听到什么都不会惊讶的。我从未想过要因为任何事情而讨厌你。告诉我吧，那究竟是怎么回事？你埋在工地里的大口袋，里面究竟装了什么东西？"

理津子转过头，低下脸。

"那里面的东西跟我想的一样吗？那天以后，我一直注意观察你家。能够下床走动后，也数次走到了你家门前。可是，我却再也没有见到过你父亲。而且……还有葬礼。"

理津子一直没有转过脸来。

"告诉我，好吗？我想知道真相。"

理津子闻言，用力摇摇头。两下、三下、四下，她不断摇着头。

"你问了又有什么用？！"

紧接着，她发出了近乎悲鸣的叫声。

"啊？"

我小声说。

"说出来也没有用不是吗？那你为什么还要问呢？那只会结束我俩的关系！"

果然，是真的吗……我大受打击。

"果然是真的吗，你……"

我话还没说完，她突然抬起头，然后便一动不动。她双唇微张，似乎在思考什么重要的事情。我觉得奇怪，便一直盯看她。

"我希望你告诉我的还不止这些，并不只是口袋里的东西，以及你是否杀害了自己的父亲。我对你们母女俩一无所知，所以我想知道更多。在我看来，你们似乎在相互怨恨，你母亲为何会表现得如此异常呢？你们之间究竟发生了什么事？如果我今天的遭遇真的是因为你，而你也觉得很对不起我的话，那就把我想知道的都告诉我吧。"

理津子陷入了片刻的沉默。她直直地看着我。我似乎看到她做了个"我杀了"的唇形,但那或许是我的错觉。如此过了好一会儿,她才终于开口道:

"如果你知道了真相,我们就不得不分手了,即便如此,你还是想知道吗?"

"分手?那可伤脑筋了,我不要。可是这样下去的话,我对你的了解就太少了,实在是太少了。"

"你一定要知道我的底细吗?"

"因为对你我根本就是一无所知啊。如今被三个黑社会的家伙打成这个样子,我却还是一头雾水。既然已经遭了这么大的罪,我觉得我有权利知道一些真相。"

我故作强硬地说道。

"对不起。"

理津子又说。

"可是,你知道后,我们真的只能分手了。这个世界上,恐怕有许多事情是不知道比较好的吧。而世间所有恋人,也不一定要非常了解彼此……"

"我们这根本算不上是恋爱关系!"

我第一次对理津子抢白了。或许这是因为自己之前遭到了野兽般的待遇,不知不觉积聚了许多戾气吧。

"我……对不起。你想要我吗?"

理津子突然说。若换作平时,她的话肯定会让我不知所措,最终落荒而逃吧。但此时不一样。此时的我，已经被愤怒占据了头脑。

"啊，当然想要。"

我赌气地说。

"可是，你的身体受得了吗？"

理津子担心地问着，同时站起来关上了窗户。紧接着，她拉起窗帘，开始解开上衣纽扣。不一会儿，她便脱下裙子，露出被晒成小麦色的美丽大腿。

理津子只穿着胸罩和内裤，钻进被子里，在我身边坐下了。她不带丝毫犹豫地将两手伸到背后，解开了胸罩的扣子。我忍耐着剧痛转过身子。理津子那躲过了阳光照射，依旧洁白的乳房呈现在我面前。

"你要我把这个也脱掉吗？"

理津子问我。此时，她身上只剩下最后一片白布。

初次经历这种事，让我全身止不住地颤抖。那是因为兴奋、恐惧，还是伤口的剧痛呢，我不知道。理津子跪坐起来，把最后的衣物也褪去了。随后，她缓缓地趴到我胸前。

我伸出颤抖的手指，轻触理津子的乳房。理津子秀丽的眉毛间马上出现了一道皱褶。她紧闭双眼，露出忍耐痛苦的表情。

紧接着，我的手指顺着她柔滑的肌肤缓缓向下，触摸到她的私处。我吓了一跳。因为在此之前，我完全没有碰她，甚至没有亲吻她，她那里却已经非常湿润了。我用手指稍微抽插几下，她眉间的皱褶变得更加明显，同时还发出了微弱的喘息。

结束后,我身体的痛苦不可思议地缓解了许多。

我看着天花板一动不动。

"身上,还疼吗?"

理津子问。

"嗯,没事了。"

我没有说谎,那一刻,我真的感觉自己如同痊愈了一般。

"为什么会变成那样呢?"

我忍不住问道。

"那样?"

"我是说这里。"

我把手放在她的私处。理津子微微一笑。

"不知道。可能是哭了吧。"

看来,我又学到了新的知识。

3

不过，我的身体并没有奇迹般地复原，那只是兴奋带来的暂时性错觉罢了。天黑以后，我又开始痛苦地辗转反侧，还发起高烧来，不停说胡话。理津子则片刻不离地看护我，一整夜都没合眼。

到了凌晨，我的痛苦有增无减，甚至无法控制自己不断的呻吟。不知是否因为过于痛苦，还是因为理津子毫无怨言的细心看护，使我一直压抑着的任性突然苏醒过来，开始刻薄地质问理津子。因为她不愿意回答我的问题，我感到越来越憋屈。

"你能告诉我吗，那到底是怎么回事？你真的杀死了自己的父亲吗？你掩埋在工地里的，是你父亲的尸体吗？"

理津子一边给我敷上冷毛巾一边让我，别问了。一开始她只是一味地拒绝，接下来，就换成了等我身体痊愈再告诉我。

我并没有就此罢休，因为高烧让我感到烦躁不已。我说："不行，你现在就要告诉我。"于是，理津子就露出了伤心的表情。后来，她应该是这么说的：

"这样下去我只会……我只会给你添麻烦的，所以……"

因为高烧而神志不清的我，当时并未能理解她说的话。应该说，根本就不愿意去理解。我只知道自顾自地说"快告诉我，快告诉我"。

"等等！你先让我想想！"

理津子突然发出了歇斯底里的叫喊。紧接着她便低下头，努力思考着什么。过了好长时间，我看了看书架上的闹钟，已经凌晨四点了。

理津子终于抬起头来，她十分干脆地对我说：

"没错，我把我父亲杀了。"

瞬间，我忘却了全身的痛苦。

外面的雨声早已平静下来，只听到些许虫鸣。

"好热啊，不如把窗户打开一点吧。"

理津子站起来，拉开窗户的锁扣，把窗子开了条二十厘米左右的缝后，便回到我身边跪坐下来。

"你猜得一点没错。我父亲向来位高权重，因此也养成了说一不二的粗暴性格。而且他一生气就爱动手，我和母亲都挨了他不少打，具体有多少次，我已经数不清了。

"母亲的性格之所以变得如此异常，也是因为父亲的暴力行径。因为她几乎被父亲虐待了半辈子。至于我，我从小就下定了决心，总有一天要杀死父亲。

"后来，就在那个雨夜，我终于无法忍耐，抄起菜刀刺向父亲。母亲虽然也提供了协助，但将父亲杀死确实是我一人所为。

"然后我就把父亲的尸体装进口袋里，并想了一晚上的对策，突然，我想到了附近那个工地。我知道那里现在正在用土方车运来的泥土填埋地基，只要把父亲的尸体埋进去，他就再也无法重见天日了。"

原本一片漆黑的窗外开始透进些许天光。马上就要天亮了。我感到窗外吹来一丝黎明前的清凉空气。

"那么，你果然……"

"当时我已经成年了，不再是个小孩子，因此，我是个名副其实的杀人犯。而且，警方总有一天会查出真相的，所以……"

她的坦白让我内心缓缓生出了某种预感。或许，那就是终结的预感吧。

"所以，你不能待在我身边。因为我会连累你的。"

"我才不在乎呢！"

我说。理津子闻言，轻笑一下。

"我就知道你会这么说。"

"我跟你已经不是什么外人了。难道不是吗？"

我话音刚落，理津子便用冰冷的眼神盯着我。我第一次见到她那样的表情。

"我刚才做那件事，为的不是这个。"

"那你意思是说，我们要就此分开了吗？！"

我绝望地大叫起来。理津子终于变回了原来那副略带悲伤的表情。

"我当然也不想分开，因为分离对我来说实在是太痛苦了。可是，你今天不也体会到了吗？如果我们再不分开，你今后肯定还会不断遭遇同样的事情。并且，有一天你可能会受更重的伤，甚至被活活打死。"

我突然词穷了。因为我想到了那张明信片，还有人群中传来的声音。

"如果真的变成那样，你一定会很伤脑筋的。"

"只要逃跑就好了，我和你，两个人。"

"没用的。就算逃得了一时，也逃不了一辈子。"

"他们究竟是什么人？"

"是黑社会。他们应该是我父亲以前在工作中经常用到的K联合会里的小混混。就算你再怎么挣扎，也没办法跟他们作对的。"

理津子的话，如同在我身为一个男人的自尊心上，安静地、深深地，刺上了一刀。其实她就算不那么说，我也已经用自己的血肉之躯亲身体验过了。

"他们在找你。"

"对，他们在找我。"

"为什么呢？"

"我父亲对他们来说是个大人物，甚至可以说，是他们的领袖，所以，他们想必是要把我找出来，为父亲的死负责任吧。"

我不禁浑身颤抖。那个世界与我的世界实在相差太远了。随着理津子的世界逐渐露出全貌，我渐渐意识到，她与我完全不是同一类人。我的精神挣脱了意志的束缚，正一点一点萎靡下去。

"不过你别想太多，我不会被杀的。所以你完全不用担心我，真正要担心的是你自己才对。因为跟我这种人扯上关系，才会让你遍体鳞伤，我现在都不知道该怎么道歉才好……"

"你明明跟我们一样是兼职员工，却在调研中心受到了特殊待遇，难道也是因为……"

"因为我父亲是个大人物，所以很多公司都要看他的脸色，而我也因为是他的女儿而沾了不少光。我父亲虽说是N兴业的会长，平时飞扬跋扈，但说到底，他就是个黑道组织的大头目。父亲手下有许多愿意为了他粉身碎骨的小混混。所以，就算我是他女儿，如果杀了他们的大头目，他们也不会轻易放过我的。"

"你要是被他们抓住了会怎么样？"

"不会怎么样，一根小指头应该就能解决问题。"

她下意识地抚摸着自己的小指。

"他们会把你带到哪里去？"

"热海。在一个小山丘上，有一座热海最大的临海别墅。父亲生前经常到那里去度假，那个地方现在已经变成K联合会的大本营了。"

"你不害怕吗？"

"我当然害怕啊，但也没办法。"

理津子似乎已经想通了，非常干脆地回答道。

"你现在总算明白，我们是不同世界的人了吧？所以我才不想跟你过于亲密。因为我知道,总有一天自己会给你惹麻烦的。

"可是,你对我来说又是如此新鲜。你的性格如此纯粹,我从未见过像你这样的人。一直以来,我身边都是些心机算尽的人精。

"所以,我见到你之后,觉得整个心都得到了净化。不骗你,我真的很喜欢你。虽然要分开我会感觉很痛苦,可是,如果我继续待在你身边,又会给你带来更多的危险。我实在无法忍受让你继续痛苦下去了。"

天不知不觉已经亮了起来。我忘却了浑身的疼痛,听得入神。

"那就是说,我们今后再也不能见面了吗……"

理津子在窗外阳光的衬托下,显得十分沮丧。

"是吗?"

我又问了一遍。

"真的不能再这样下去了。对不起,一切都怪我。我见到你之后,做了个梦。充满了罪恶的……对,充满了罪恶的梦。

"租下一间公寓,远离母亲及现有的生活,独自居住着,身边还有喜欢的男人陪伴。这对以前的我来说,完全是梦一般的场景。自从见到你之后,我便想试着实现自己的梦想,没错,我实在是太天真了。明知自己犯下了那样的罪行,却依旧如此任性。其实像我这样的女人,完全有能力同时扮演娼妇和少女两种角色。如此任意妄为,你一定觉得很不可思议吧。"

说着,她笑了笑。

当我回过神来时,发现我们二人之间已经出现了一段距离。那段距离遥远得让人绝望。可是,我对现状的理解却还不足以从这段距离中感受到苦痛。我依旧惊讶得无法思考。

突然——

那真的来得很突然!

外面传来一声让我心脏险些停跳的巨响,窗户一下被撞开了。我倒抽一口冷气,理津子发出了尖叫。

窗边突然出现了三个身材高大的男人,留着整齐的中分头——是昨天那帮黑社会的家伙。其中一个人正从窗口爬进来。

"等等!不要这么乱来!我把门打开就是了。"

理津子凛然叫道。男人闻言,乖乖从窗口跳回了地面。

理津子站起来,向房门走去。不一会儿,就传来门锁被打开的声音。我挣扎着往外一看,只见窗边还留着一个人,另外两人则绕到了门口的方向。

说句实话,此时的我害怕得不行。从再次看到他们的瞬间,我全身的颤抖就没停止过。比起精神,我遍体鳞伤的肉体似乎更加了解他们的恐怖之处。

理津子悄无声息地回到我身边坐下。她伸手抱住因为惊吓而坐起来的我。

理津子的唇与我的唇重叠了。同时,她又紧紧搂住我的脖子。不一会儿,理津子松开双手,房门也随之打开。

"对不起,跟你在一起我真的很快乐。永别了。"

理津子在我耳边轻语道。

"你们几个,为什么要对一个毫无关系的人大打出手?"

理津子的声音从某个地方传来。我没有听到男人的回答。

理津子在我枕边塞了一团包着什么东西的纸巾，然后说：

"你用这个到医院去吧。要早日康复哦。"

我的大脑一片混乱，不知道眼前究竟是个什么状况。当我回过神来，房门已经被关上了，我流下两行热泪。

可是，我还是坦白说吧，我真的害怕得不得了。因为过于害怕，整个人都瘫软了。

我试着站起来，双腿却使不上劲。不得已，我只能在榻榻米上爬行，下到玄关的三合土地面上，挣扎着打开了房门。

外面停着一辆黑色奔驰车，理津子正坐进后座里。一名身穿白色衬衫的中分头男人也紧随其后坐了进去。

"理津子！"

我大叫。

留在外面的另外一个男人马上回过头来，好像冲我笑了笑，随后，他也弯身坐了进去。不知是不是没听到，理津子从车后窗里露出的头一次也没有看向我。

车门被关上，奔驰扬长而去，转过拐角后便再也看不到了。

我呆立在门口，疼痛很快便苏醒了，不得已，我只得回到室内。倒在被褥里，我流出了悔恨的眼泪，同时也深深体会到了我这个"臭小子"的无力。我，没能保护理津子到最后。

那团纸巾突然落入我的眼帘。我把它捡起来，拆开一看，里面包的竟全是万元大钞，足足有二十张吧。这对我来说无疑是一大笔钱。我恶狠狠地将那卷钱扔向书架。顿时，一万日元的钞票如同天女散花般飞舞在我的房间里。

4

不知过了多久,也不知我是否睡着了,总之,当我睁开眼睛时,发现房门敞开着,能够直接看到外面的行人。室内则依旧散乱着满地的万元纸币,一切如故。我又转头看向书架上的闹钟,却惊觉现在已经八点半了。

我果然睡着了。我尝试着坐起身,竟比较轻松地做到了。可喜的是,我的身体已经恢复了不少。于是我站起来,在只穿着内裤的身体上套上已经晾干的T恤和牛仔裤,随后缓缓弯下身来,捡拾地上的钞票。

我打开壁橱,从里面取出头盔和护目镜。头盔里还塞着我的手套。我拿着装备走向鞋柜。在鞋柜深处,存放着我只在冬天使用的摩托靴,它们此时正可怜兮兮地被折成两段。我把它们拽出来，套在脚上。

关上门，我正准备上锁，却停住了动作。因为昨天被狠揍一顿，爬回来后连开门都险些要了我的小命。因此我把钥匙扔回室内，只把门合上便离开了。反正里面也没什么值得偷的东西。

我的膝盖、脊背、腰部和面部还是很痛，但从昨晚一直把我折腾到黎明的那种高热和苦闷已经奇迹般地消失了。现在的我虽然不能跑步，也已经能够正常行走。就连原本肿得睁不开的那只眼睛，现在也能勉强看到东西了。

今天的天气格外晴朗，跟昨天完全是天壤之别。就算我只是缓慢地行走，也很快便出了一身汗。蝉鸣声从远处传来。这浑身大汗的时节，总是少不了嘈杂的蝉鸣。

我之所以没能保护好理津子，就是因为自己实在太软弱了。我必须正视这一事实。身为一个男人，绝对不能用任何理由给自己开脱。

刚才的我实在是太窝囊了，窝囊得让我笑都笑不出来。就算明知道自己打不过那些人，至少也要冲上去踹上两脚。可是，我却害怕再次受伤，害怕失去性命。但事到如今，没有了理津子的我也失去了活着的意义。这就没什么可在乎的了。

穿过京滨急行线的路口，我来到第一京滨。朝着六乡桥方向拐了个弯，我直直地沿着第一京滨的高速公路走着。

第一京滨的公路旁有家摩托车店，我以前那辆被撞坏的 W1 就是在那里买的。因此，我也算是店里的熟客了。

来到店前，只见门口停放着几辆二手摩托车，都是排气量五十毫升或一百二十五毫升的货。

"咦？原来你还在东京啊？"

老板朝我招呼一声。

"听说你住院了？真够倒霉的啊。"

他口无遮拦地说道。

"我的W1寿终正寝了。想再弄辆别的。"

我低声说。

"现在有什么好货色没？"

"你等等。我这里新进了一辆本田CL72，哦对了，还有辆W1S。"

"W1S？！"

我忍不住叫出声来。

"对。六八年款，马力五十三。"

我真是太幸运了——W1对我来说，简直如同手脚的延伸。

老板从里头推出来的W1虽然不是崭新的，但只一手油门，便听到了我所熟悉的Cabton消音器的吼声。排气量六百五十毫升，垂直轴双缸发动机，我的W1又回来了。

我把身上的二十万日元全数交给了老板，用找回来的一些零钱买了汽油。我戴上头盔，套上护目镜，随后又戴好手套，挂上一挡。片刻之后，我便离开充斥着蝉鸣的蒲田，一路向东名高速疾驰。

上了东名高速，我保持在左车道上，一路把油门拧到底。换到二挡之后，摩托车的前轮浮了起来。

我愈发认为，自己是个毫无可取之处的平庸之辈。这甚至不用理津子的母亲来特别指出。今天，这种想法已经达到了顶峰。

我思考着，十九岁的自己究竟有些什么呢，结果只有一个，那就是我的摩托车。我当时对摩托车热衷不已。无论是下雨天还是大冬天，我都会开着车出去兜风。无论我的心情多么沮丧，只要跨在摩托车上拧动油门，心中一些小小的自信就会被唤醒。我坚信，只要骑在摩托车上，自己就不会输给任何人。

之前的我，就像被拧去了手足的废人。失去了心爱的摩托车之后，理津子又出现在我面前。我一直是在没有了手足的状态下与理津子来往的。可想而知，我不可避免地坠入了小丑的窘境。如今，我的手足终于又回来了。

我想把自己当成一个男人来尊敬。如果就此夹着尾巴逃跑，彻底从把我打成重伤，又把理津子带走的男人们面前消失的话，我是绝对不会原谅自己的。

我知道自己有多么无力。理津子不是说，热海的别墅已经成了K联合会的大本营了吗？我遇上其中三个人，就只能缩成一团发抖了，现在却要单枪匹马地杀到那帮人的老巢里。更何况，还是在我的身体重伤未愈、十分虚弱的情况下。

可是，我却无论如何都要到热海走一趟。因为我认为，理津子还是有点爱我的，并且也对我有所依赖。可我却没能保护好她，我还没有那样的实力。尽管如此，我还是要向理津子证明，我对她的爱并不虚伪，胜与败倒是其次了。最重要的是，要夺回我的名誉和骄傲。那是我对理津子应尽的义务。

我俯身在摩托车上，沿着东名高速向西一路疾驰，只为了证明我的爱。时速表显示我现在的速度已经超过了一百四十公里。身下的W1发出急切的吼声。旁边行车道上的车辆看起来像是静止的，被我一一抛在了身后。

"唉，这真是悲愿啊。"

我小声喃喃道。当时我很喜欢《悲愿》[①]那首歌。曲子的旋律在我脑中回响，我不禁想道：理津子是否也是我遥不可及的悲愿呢？

我在大井松田下了高速，继续沿着二五五号国道南下。经过小田原，沿着海岸线一路行驶，又转上了一三五号国道。来到热海时，已经是下午三点多了。

因为之前只顾着开车而滴水未进，我在热海车站前停下来吃了点东西。这搞不好会变成我的最后一餐，当时的我非常认真地想到。全身的疼痛让我没什么食欲，但不吃东西是不行的。

我在收银台询问，热海最大的别墅在哪里；服务员回答应该是N兴业会长的别墅，并把地址给了我。我沿着他说的坡道一路开了上去，紧接着便如理津子所言，在树林间看到了星星点点的海蓝。

不久便看到了别墅。我把摩托车停在远处的树荫下，一路步行到门前。

[①]即动物乐队的《*Don't Let Me Be Misunderstood*》，在日本被译为《悲愿》。

铁栅栏门关得紧紧的，内侧被插上了门杠，还挂着个巨大的锁头。别墅周围砌了一圈混凝土围墙，里面种着许多绿色植物。地面铺满了大小均匀的砂粒，不远处还停着一辆似曾相识的黑色奔驰车。理津子果然被带到这里来了。

门口并未看到有人站岗。只要我有心，就能轻易翻进去。

我站在门前思索了片刻。似乎只能如此了。现在那帮黑社会成员很可能正把理津子按在桌上，准备剁掉她的小指头呢。我没时间再磨蹭了。

我不知道仅凭自己的闯入能否阻止他们的行动，但最重要的是，必须让理津子看到我的决心。理津子的母亲之前把我评价成一个平凡无奇的臭小子，我要让她看到，我并不满足于此。

我脱掉手套，握住铁制的门柱。大门足有两米多高，要我这个重伤患者翻过这么高的铁门，着实有些勉强，但若不趁着周围没人赶快行动，我恐怕就再也进不去了。当我抬起右脚，正在寻找落脚点时，突然听到背后传来沿着坡道而上的引擎声。我赶紧停下动作，走回停放摩托车的地方，等待来者过去。

让我意外的是，车子竟在我背后就停了下来。原来那是一辆出租车，有人乘坐出租车跑到这座别墅来了。我吓了一跳，赶紧加快脚步，回到停放摩托车的树荫下。

我从树影里探头窥视，原来是理津子的母亲。她从出租车上走下来，按了门柱上的门铃。出租车在门前掉了个头，又沿着斜坡回去了。

我赶紧催动大脑思考，她刚按了门铃，而且在门前等着，这也就是说,那扇门很快就要被打开了。

这无疑是个千载难逢的机会。没时间犹豫了,我慌忙戴好头盔,套上护目镜,骑到W1上。踢开支架,脚踩离合器等候着。

十秒过去了,二十秒过去了。从我藏身的树荫之上,不断落下恼人的蝉鸣。我焦急地等待着,她母亲依旧没有动弹。汗水沿着我的鬓角落下,手套里的手早已被汗水濡湿。

出现了!是个中分头的男人,穿着白色T恤,微胖的体格——那正是昨夜把我狠揍一顿,今早又把理津子带走的其中一人。

理津子的母亲对男人露出谄笑,男人打开门锁,又缓缓抽去门上的铁杠。就在那一瞬间,我转动钥匙,把全身的重量都压在了离合器踏板上。

一脚启动,垂直轴的两个排气口齐声轰鸣。蝉鸣声瞬间安静下来。我拧动油门,转到一挡。前轮飞了起来。我从树荫下冲出去,向着门柱一路狂奔。换挡,提速!

那两人马上注意到我的存在。理津子的母亲吓得瞪大了双眼。看着吧,这就是我这个臭小子的实力!

如我所料,她大惊失色地往门外逃去。因为她那个举动,五分头的小混混无法及时把门关上。我踩了一脚刹车,让后轮稍微打滑,使整个摩托车撞向铁门。下一个瞬间,我用靴子坚硬的鞋跟狠狠踹开了大门。

因为车速够快,那个小混混也被我一脚踹飞,摔在砂地上。

我换回一挡,冲入中庭。身后尘土飞扬,砂粒纷飞。

"喂!快来人啊!"

五分头大叫起来。看来他也慌了手脚。因为我戴着头盔，他似乎没认出我是谁。若让他知道眼前这个车手就是昨天被自己揍得一塌糊涂的臭小子，想必他就不会发出如此惊慌失措的声音了吧。

不过，这帮人果然都是狠角色。只见那人一边大叫着一边冲过来，试图把我从摩托车上拽下去。

"滚开，你这浑蛋！"

我也大叫着，一脚踹向那男人的脸。男人再次摔倒在地上。我打算沿着别墅转上一圈，找个防守较弱的地方冲进去。

从奔驰车旁边开过去，我绕到了别墅的后门。那里有一间仓库，周围的植物都被打理得井井有条。我沿着庭树间的小道穿了过去。

很快，我就绕着别墅转了一圈。一无所获。不管是后门还是窗户都被关得严严实实的，而且旁边还种着许多植物，很难找到地方冲进去。

我又回到正门玄关前。此时，那里已经有三个五分头小混混在等着我了。这要是一停下来，我就没希望了。于是，我干脆把油门拧到底，换上二挡朝那三人冲了过去。

我甚至打算就这样撞死一个算一个，可是，他们却在被我撞到的前一瞬间四散逃开了。因为失去了目标，我险些撞到前面的灌木丛里。不得已，我只得赶紧捏住后轮的刹车，然后放倒车身，右脚着地。紧接着，我再次拧紧油门，就地掉头重整架势，把许多砂粒弹到了灌木丛上。

三个男人一齐向我冲来。我躲开他们，朝玄关疾驰过去。因为我眼角瞥到，别墅大门是敞开的。

我很奇怪，难道这里的守卫只有我昨天遭遇的那三个人吗？本来我还以为，这里起码有超过一打的小混混驻扎着。总之，只有三个人就算我命好了。

我驾驶着摩托车冲进玄关。地板与地面的落差比我想象的要低，太走运了！我大叫着，在摩托车上稍微探起身来，拧紧油门，狠狠拽起车头。

一切动作有如行云流水。W1扬起前轮，飞身跃到擦得一尘不染的地板上。

我尚未掌握把后轮也抬起来的车技，不出所料，后轮狠狠撞上了玄关的台阶，我险些从W1上跌落下来。紧接着，摩托车狠狠地撞到了墙上。整座房子猛地颤了一下，我听到了东西落地的破碎声。门口的黑色电话机滚落在我脚边，墙上的木架掉落下来，摔得粉碎。

三个小混混此时也跑了进来，在我背后大声嚷嚷。我不难理解他们的骚动。不待他们上前，我便咬紧牙关，再次油门大开，沿着走廊冲了进去。W1的引擎轰鸣声顿时回响在整座别墅里。

这座别墅异常宽敞，我沿着狭长的走廊前进了十米左右，就进入了一个到处都竖立着粗大柱子的大厅。整座大厅都铺满了看起来非常昂贵的绒毯。我毫不客气地把W1开了上去，沙发被我无情地撞到了一边。

这大得让人咋舌的地方仿佛在邀请我驾驶摩托车畅游一般。

我来回奔走着,却看不到半个人影。我试着寻找理津子,并高声呼唤着她的名字。

前方出现一扇茶色房门,我思考着是否要下车开门,但最后还是因为嫌麻烦,选择了开车撞上去。一声巨响之后,房门开始向内倾斜,我趁机一脚踹了过去。又是一声巨响,房门轰然倒地。我把摩托车开了进去。

我好像听到了女性的惨叫声。但当时我正处于兴奋状态,并未仔细考虑其中含义。我踢开眼前的沙发和桌子,桌子上的玻璃打火机和烟盒、杯子等物纷纷掉在地上,摔得粉碎。

我停下车,喘着粗气。此时,女人的惨叫才总算清楚地传到了我耳中。我朝声音传来的方向看过去,只见漫天的尘埃中,出现了理津子的身影。她瞪大了双眼,似乎被吓得不轻。

她依旧大叫着,我不明白她为何如此害怕。过了好一会儿我才发现,原来我还戴着头盔和护目镜,她没认出我来。

"是我!理津子,是我!"

我大叫着,把护目镜扯了下来。

"啊!是你!"

她也大叫起来。

"你没事吧?!"

我赶紧看看理津子的双手。两根小指头都还完好无损。

"太好了!我太担心你了,这不,我来救你了。快跟我走吧!"

就在此时,她背后突然传来一个低哑的声音。

"理津子,这白痴到底是谁?!你认识他吗?!"

我抬头寻找声音的出处。当时的冲击,我至今仍记忆犹新。

一个身材健硕的小个子老人出现在她身后。我惊讶得险些叫出声来。

银发、银框眼镜、严肃的表情——是她父亲!!本应死去的山谷之家的男主人,就站在她身后!

这是怎么回事?!我在内心狂吼着。

"这到底……到底是怎么回事?"

紧接着,我又大声质问理津子。

理津子呆立着,眼神中满是歉意。

5

受到如此巨大的冲击，我一下失去了所有斗志。因为这一瞬间的大意，我背后的三个五分头男人如雪崩般一齐向我扑来。他们夺去我的头盔，把我的双手紧紧扣在背后。直到此时，其中一个男人才终于认出了我。

"是你！真没想到你竟然这么经打啊！"

他大吼道。他那句话对我这场不要命的冒险来说，实在是过誉了。

下一个瞬间，我又被他们团团围住狠揍起来，我已经做好了被杀的觉悟。我已经做了我能做的事情，再也不是个懦夫了。我想，理津子肯定也能理解这一点吧。这样一来，我就满足了。

男人高举拳头。我闭上双眼，咬紧牙关。就在此时——

"等等！"

我听到了理津子的声音。睁开眼，只见理津子的秀发垂在我面前，原来她挡在了我身前。

给我一个小时，我有话跟他说，马上就回来——理津子拼命说服她沉默的父亲和一语不发的保镖们。

于是，我便意外地被释放了。推着已经被我撞得惨不忍睹的W1S，我俩走到别墅外面。在走出大门二十米开外的地方，理津子停了下来。只见五分头靠在门边，正往这边张望，想必是在监视理津子吧。

"你给我解释一下，这到底是怎么回事。难道我只是个莽撞的冒失鬼吗？你父亲不是还活得好好的嘛！"

我说。

"对不起，我不该骗你的。可是，我这么做也是因为害怕被你鄙视啊！"

理津子抬起头，说出了让我意外的话。阳光从树荫间落下，在她绝望的脸上投下点点光斑。

"鄙视？被我吗？"

理津子用力点点头。

"其实我并不是你想象中的那种女性。"

我沉默了。紧接着，不知为何，我的身体开始颤抖。刚才那场赌命的行动，现在才让我渐渐感到恐惧。

"我现在开始说的一切都是实话。我能与你结识，真的感到非常幸运。这一点你一定要相信我。今天你还为我赌上性命闯进来，为此，我为这个曾经喜欢过你的自己感到骄傲不已。"

"那种话就不要再说了！"

我脑中充满了说不清是怀疑还是虚脱的感觉。或许是因为刚才的紧张渐渐退去，身体开始止不住地颤抖。为了不让她察觉，我装作漫不经心地敲了好几下上臂。可是，颤抖依旧无法停止。

"你父亲根本没死！"

我又说。现在，我最想知道的就是这个真相。

"那不是我父亲。"

理津子马上回答。

"你说什么？！那……"

理津子叹了口气。

"只有这件事，我实在不想跟你说……不过我想通了。那是我干爹，是我的资助者。我是他的情人。"

"什么？！"

我感觉自己的整个世界都要被颠覆了。我之前根本连想都没往那个方向想过。难道说，我从一开始就错了吗？！

"可是你说你父亲死了……而且你母亲也是那样说的。"

"我父亲在我还是个孩子时就去世了。他死在九州的矿井里。"

"可是……你们年龄相差这么多。"

我甚至以为，若他不是理津子的父亲，那就可能是祖父了。

"所以我也觉得，母亲就是因为我们两人年龄相差太远，才会允许我做他情人的。"

"对啊，那你母亲呢？那是你真正的母亲吗？"

"没错，那是我的亲生母亲。"

"你母亲会允许你跟他发生那种关系吗？而且还跟他住在同一屋檐下？"

我对理津子的爱，此时已经让我乱了方寸。

我看向大门的方向，只见她母亲从那个五分头保镖身后现出了身影。

"一开始介绍我和干爹认识的，就是我母亲啊。"

我一时语塞。

"父亲去世后，母亲把年幼的我带到东京，独自一人把我拉扯大。她工作的公司就是N兴业，后来，她与干爹结识……"

"你别再把他叫成干爹了！"

我大叫着。我实在无法想象，理津子竟会说出那样的词。

"对不起。我母亲与N兴业会长结识，并且千方百计让自己的女儿做了他的情人。"

这究竟是怎么回事？我又回头往门口看了一眼。她母亲已经不见了，只看到保镖一个人。

此时，我突然对理津子的母亲产生了无限的憎恶。

"真不敢相信。她究竟是为了什么？生计吗……"

"不，那是为了家。"

"家？"

我还是搞不太明白。

"家怎么了？"

"我们现在住的那座房子是会长的房产。虽然名义上是N兴业的。"

"啊……"

"她为的就是那座被你称为山谷之家的房子。我母亲对所谓的独门独户有着近乎偏执的执着。对她来说，那座房子就是她的全部理想和抱负。为了能够住在那座房子里，她愿意做任何事情。"

我再次感到浑身战栗。被她这么一说，我不禁感慨万分。

"对我母亲来说，能在那样的房子里居住是值得她夸耀一生的事情，更是她整个人生的价值所在。"

独门独户的房子对一个女人来说竟是如此重要的存在吗？难道邻里街坊的闲言碎语也因此变得可以忍耐了吗？我突然想起了关东调研中心的那份调查问卷。

"所以，母亲非常害怕你。不仅是你，那个人极端惧怕我对别的任何男人产生恋爱感情。如果让我干爹……对不起，如果让N兴业会长生气了，我们母女俩就要被赶出那所房子。所以，母亲一直不太愿意让我外出，对男性打给我的电话或寄给我的信也抱有某种病态的警惕心理。"

我想起她母亲接的那通电话。那女人竟模仿起自己女儿的声音试图跟我对话来着。

"女人的……虚荣心？"

"对，你说得一点也没错。"

"可是，她为什么会同意你到关东调研中心兼职呢？"

"那是因为我那段时间突然变得神经质了。因为连续遭遇了许多让人伤心和讨厌的意外，她也觉得我应该到外面呼吸一下新鲜空气。"

"于是你就得到了那个特殊待遇的兼职？"

"是的，因为会长在那个公司话语权很大。因此，公司的人可不敢让我整天风吹日晒地出去当调查员。"

"哦，那就是说，你母亲从一开始就打算让你当N兴业会长的情人吗……"

"也不是这么说。她好像一开始想把我培养成模特或是演员来着。不过我实在太没用了，根本没那方面的才能。所以，为了得到她梦寐以求的独门独户的家，让我成为N兴业会长的情人对她来说就是最快的捷径了。"

我长叹了一口气。心中那个理想女性的肖像，正在一点一点崩塌。

"我母亲一直都很憧憬品川的那座小楼，她早就看准了。还说总有一天，她要住进那座小楼里。可是，凭母亲现有的一切条件，她能想到的也只有这条路了吧。"

我突然想起来了。可是，那个雨夜呢……

"那在我看到你的那个雨夜，你究竟把什么东西埋到工地里了？！"

理津子闻言，低垂双目。

"在前一天晚上，日光室里，你和你母亲为什么会遭到会长殴打？你甚至被他用脚踹了。这是为什么？还有葬礼。葬礼是怎么回事？！"

听我说到这里，理津子一下露出了悲伤的表情。

"我一定要回答这个问题吗?"

"一定要回答。"

我十分干脆地肯定道。

"我很喜欢你。因为你把我看成了跟你一样纯洁的人。所以,现在不得不向你解释那些事情,让我感到非常痛苦。"

我并不回答,而是等她继续说下去。无论事实让人多么痛苦,既然已经到了这个地步,我已经没理由忽视那些问题了。

理津子又叹了一口气。随后,她缓缓地用低沉的声音说。

"那……是孩子。"

我没听懂她说的话。可是,当理津子继续说下去时,我突然受到了莫大的冲击,更加感觉理津子变成了遥不可及的存在。

"我……怀上了会长的孩子。"

当时才十九岁的我,根本没想过孩子的问题。因为那是离我非常遥远的另一个世界的事情。可是,理津子却已经进入了那个世界。

"不知道为什么,会长膝下并无子嗣,当他听说我怀孕时,简直高兴得不得了。我才怀了三个月,他就给我肚子里的孩子买了各种各样的玩具,还置备了最高级的婴儿车。当孩子生下来时,他已经高兴得无以复加了。

可是,孩子出生不到一个月,就因为感染肺炎夭折了。会长一下乐极生悲,气得简直要发狂,这才动手打了我和我母亲。因为他觉得,孩子之所以会夭折都是因为我们照顾不周。而我也自知理亏,所以……"

"那葬礼是怎么回事？"

"那是孩子的葬礼。只邀请了会长的近亲参加。"

原来是孩子的葬礼！这真是太滑稽了。

"那你在那个下雨的晚上，把什么东西埋到工地里了？"

"那是会长给孩子买来的各种婴儿用品。像婴儿车、玩具和衣服之类的。因为我找不到地方烧掉那些东西，也没有可送的人，感觉伤透了脑筋。而且我怕自己触景生情，更不想把那些东西留在家里。因此，才想到了那个工地。"

"原来如此……"

原来是这么回事。

"可是，你那天晚上拿了把菜刀走进日光室，还摸到了会长背后。"

我话音未落，理津子便轻笑了一下。

"那是为了给水果削皮。当时温室里栽培的梨树刚好结果了。会长平时很喜欢吃水果，我们就打算讨好讨好他。"

"这到底是……那你说的连续发生许多事情让你伤心是怎么回事？"

"我是指孩子的死。对此，我受到了很大的打击，再加上怀孕时的荷尔蒙分泌异常，整个人都变得非常神经质……"

我再次面临一个难解的谜团。她是否真的爱着会长呢？失去了那个男人的孩子，她竟会如此伤心，这是否意味着她其实对会长还是心怀爱意的呢？还是说，她对会长并无感情，而对自己的亲生骨肉却另当别论呢？我很想质问这一点。这一冲动过于强烈，把我的问题一下就逼到了嘴边。可是,我因为过于害怕,最终还是没能问出来,而是选择了另外一个问题。

"我一直看着你家,根本没发现有婴儿生活在里面的痕迹,晾衣间里也从未出现过小孩子的尿布。"

"最近出了一种一次性的纸尿裤。虽然那东西很贵,但会长买起来却毫不手软。"

这曾经被我无限憧憬的偶像,如今在我面前却变成了另外一副样子。

"那你今天早上为什么要骗我?说什么父亲是自己杀死的,你为什么要撒那样的谎?!还不止这些,你还骗我说可能会被黑社会的人砍掉一根小指头。你知道我有多担心你吗?你绝对不会了解我这种心情的吧!"

我现在真想像个孩子般大哭大叫。眼看着理津子身陷危机的那种恐惧感,一个男人为了爱情甚至愿意舍弃性命的觉悟,这些,理津子她能理解吗?

"对不起,真的对不起!但我说那些也是为了你好。因为我觉得,再继续下去你会很危险的。

"那些小混混其实是会长的保镖。为了让我回到会长身边,他们可是什么事都能做得出来的。"

"那你也没必要承认自己杀死了父亲啊……"

"一开始我根本没打算那样说。你要相信我!我之所以不想告诉你我在工地里埋了什么东西,是因为不想让你知道我有个孩子,那孩子还夭折了。后来听你说了那些话,我发现你误以为我杀死了自己的父亲，于是我才临时起意，顺着你的误解将错就错了。

"所以我们，我和你，无论如何都是不可能在一起的。那只会让你陷入危险，因此，我必须想尽一切手段让你放弃我。不管你多么迷恋我，只要知道我是个杀人凶手，都会离我远去吧？所以我才会利用了你的误会。真的，真的很对不起。"

被她这么一说，我已经无言以对了。过了好久，我才开口：

"你应该没想到，我会一个人闯进来找你吧？"

"嗯，我真的没想到。"

"结果自始至终，我在你面前都只是个小丑而已！"

我陷入了自嘲的深渊。我思考着，该如何从这个局面解脱出去呢？

"为什么？！你为什么要那样说？！"

理津子叫道。

"现在，你对我应该刮目相看了吧？"

我说。

"哪有，我本来就……"

"不，我希望你能这么说。我为了成为配得上你的男人而拼尽了全力。如果你真的喜欢过我，哪怕只是一瞬间，我也不想让你觉得自己的那种感情是错误的……"

"怎么会是错误呢？怎么会是错误呢？"

理津子用力摇头。

"我从来没那样想过。为什么要那样想？你实在是太完美了，应该是我配不上你才对。"

"哼,听到你那句话,我心里是不是该舒服点呢……"

我依旧深陷在自嘲的旋涡中,对自己扪心自问道。可是,我却无法得出答案。这个事件的意义,以及对自己的解答,我直到十五年后才终于弄清楚。

对当时的我来说,自己经历的无非是一个失败接着另一个失败,别无其他解释。骑摩托车被撞进医院,好不容易看上个女孩子却只是单恋,拼上性命想拯救理津子,结果她根本就不是被绑走的。说来说去,她只是回到了自己男人的身边而已。此时的我,不正是个天大的丑角吗?

蝉鸣依旧聒噪。

"我一直在想,是一直在病房窗前看着你比较好,还是说,尝试着与你接触,亲近你,才更加幸福呢?

"我不知道,我还是不知道。"

"对不起。"

理津子再次沮丧地说出了那三个字。

"不。我还是认为,能认识你实在是太好了。跟你渐渐熟络,一起到海边游泳,一起入眠,总有一天,我会觉得那是幸福的。"

理津子激动地用双手掩住面孔。

"我也一定,会那样想的。"

理津子流着泪说。

我呆站着,倾听夏日的蝉鸣。

尾声

每个人或多或少都会有些夏日的回忆吧。每年听到窗外的蝉鸣，我都会感到胸中苦闷，陷入一种难以自拔的情绪中。那情绪让我坐立不安，辗转反侧。

那件事之后已经过去了十五年。当时我如此热衷，几乎每天形影不离的摩托车，不知何时也淡出了我的生活。自己跟四轮汽车的外遇则一直持续至今。

当年因为轻信了理津子的谎言，毅然奔向东名高速的那纯情而幼稚的冲动，如今已然变为难忘而微酸的记忆。

那之后，每每想起那场闹剧，我都只会产生让自己羞得满脸通红的自嘲心理，但随着年岁的增长，现在已经不同了。如今，我更觉得那是值得夸耀的青春，甚至想给当时那个拼尽全力的自己颁发奖章。因为换作现在的自己，是绝对做不出那种事情的。想到这里，我不禁从十九岁这个年龄中，感到了些许夏日气息。

后来，因为理津子在山王的公寓附近过于嘈杂，我再也没到那里去过，但还是有这么几次机会来到品川那个山谷之家门前。每当经过那里，我都会感到胸口一阵苦闷，但在五年前的某一天，我突然从那种感觉中解放出来了。那是因为，我发现山谷之家已经被拆毁，没有留下一丝痕迹。

记得当时我在那块空地上站了许久。现在，那里又建起了一座加油站。那对母女怎么样了，我已经无从得知了。

不仅是山谷之家，连京桥署、日本剧院和东京剧院都已经不复存在了。见证了我十九岁夏天的证人们一个接一个地消失，对我来说，那个夏天已经变得如同幻梦一般了。

当时还在施工的品川外科医院住院大楼现在已经威风凛凛地耸立在那里，等待着从第一京滨送来的骨折骑手。如今，只剩下这座大楼和 R 咖啡厅依旧提醒着我，那场冒险并不是梦。

我偶尔会到 R 咖啡厅露露脸。最近还从老板口中得知，那张神秘的明信片正是他本人寄给我的。据说井上后来一个人光顾 R，把理津子的可疑行径告诉了老板。老板因此觉得我可能身陷危险，便照着井上给的地址寄了张明信片到我公寓，试图阻止我的进一步行动。

我跟踪理津子那天早晨，在银座人群中听到的声音也是老板发出的。那天早上他到银座办事，恰巧与我们擦肩而过。当时我只顾着追踪理津子的背影，根本没发现他的存在。

老板当时还在犹豫要不要跟我打招呼，结果他看到了走在我前面的理津子。因此他瞬间便知道了我在干什么。但他又不能抓住我苦心相劝，这样一来，搞不好就变成他在讲街坊邻居的坏话了。因此当时他只在我身后抛下一句话，便转身融入了嘈杂的人群中。

不过，我被三个保镖殴打的那个下雨天，出现在我鞋子里的那张字迹漂亮的纸条却依旧是个谜团。老板说，那张纸条并不是他留的。

想想也知道不可能是老板。因为当时我的房间处于完全的密室状态，没有人能够闯进那样一个房间，还在三合土地面上的鞋子里留下纸条。

我和老板歪着脑袋思考了好一阵，老板好像突然想起了什么，转身到里面拿了一张纸出来。据说这是以前因为一个什么事情要收集町内居民的亲笔签名，被夹在传阅板上的签名用纸。老板指着其中一个名字说：

"这是小理母亲的字，你看像不像那张纸条上的字迹？"

我仔细一看，只见一个熟悉的漂亮字体在传阅板上签下了"小池"二字。就是这个字迹，不会有错。

直到此时，我才终于明白。那张纸可能并不是给我的，而是理津子的母亲写给她的便条。搞不好第一个发现我在"安全第一"的条幅上涂鸦的并不是理津子，而是她母亲，因此她才写了那张便条放在她房间的桌上。理津子很可能将那张纸条折成四折带到了大森的公寓里。

当她走进厨房做饭时,那张纸可能从她的手提包里掉了出来,恰好又落入了我鞋子里。

后来我离开理津子的公寓,回到蒲田时已经很晚了,脚下一片昏暗。因此我完全没发现自己鞋子里竟有那么一张纸条,直到第二天早上出门才看到。

说到纸条书信,我后来又在蒲田的公寓里住了两年。期间从理津子那里收到过一张明信片。它是从加勒比海岸的巴哈马寄来的,上面印着"到巴哈马首都拿骚,追逐夏日的脚步"的字样。

明信片上印着一座粉白相间的可爱小楼。理津子在上面写道:

这座小楼很可爱吧?这可是人家的国会议事堂哦。我一开始还以为是餐厅呢。我觉得,你应该会喜欢这样的房子吧,就买了这张寄给你。祝你身体健康。我不会忘记你的。

理津子

理津子给我的信就只有这么一封。或许之后又寄了一些过来,不过我已经搬离了蒲田的公寓,也没有向邮局提交邮件转寄申请,因此也就不得而知了。

被夕阳染成金色的波浪,反射出炫目的光芒。对我来说,理津子就是那样耀眼的存在。

关于理津子,对我来说,那只是在十九岁的夏天里发生的、不到一个月的体验而已。可是，正因为我从中感受到了难以言喻的苦痛，才让我至今仍对她难以忘怀。

我把理津子寄来的明信片用图钉钉在书桌前放了好久，后来又插到信插上，或是转移到书架上。总之，一直找不到合适的地方保存。

后来，我在银座的外文书店买下那本描绘了一座小洋楼一生的绘本，把它带回了书房。经过一番周折，我找出了理津子的明信片，夹在了书的最后一页。

我轻轻合上书页，把它安放在书架上。这样一来，我总算为对理津子的回忆找到合适的归宿了。对此，我感到十分满足。

新版后记

　　文春文库邀请我将此书进行一次全面改订后再次出版，因此，我也得到了将文章重新整理一遍的机会。

　　因为年代久远，我也记得不是很清楚了。这本《夏天，十九岁的肖像》似乎是我在昭和五十九年还是六十年为《全读物》写的故事。当时起的名字叫《夏天，十九岁的勋章》。后来，在昭和六十年十月出版单行本时，又考虑到书中并未出现堪称"勋章"的事物，便将其改成了现在的"肖像"。

　　当时本人正值而立之年，跟书中回忆的十五年前，亦即自己十九岁时青春体验的那个"我"在年龄上刚好吻合。而今岁月如梭，自那之后又过了二十年之久，这部作品却依旧顽强地存活到现在，甚至还遇上了改订、再版的好运，这对一个写手来说无疑是意外的幸事。书中的故事距今已过去了三十五年，其中种种念想也定然有所改变吧。

在某网站的非系列岛田作品排行榜上，这本《夏天，十九岁的肖像》自开站以来便一直高居榜首。想到有这么多的读者还热情地支持着这部作品，此次的再版我不仅为自己，同时也为他们感到欣喜不已。

不过话说回来，时隔二十年再回首这本《夏天，十九岁的肖像》，我不由得惶恐不已。因为早已忘记了内容，我得以从一个读者的角度来审视这本书。要说我的感想，该作表现力极为幼稚低下，但对整体情节发展的控制却异常老练，甚至显得有些老奸巨猾。如此失衡的状态实在让我费解，若将此书投到什么奖项的评委会那里，想必评委大人们也会为之汗流不止吧。

另外，由于书中各处都描写到了如今已经面目全非的城市旧景，同时理津子这一女性角色的塑造又意外地栩栩如生，使我读完之后久久未能摆脱书中的情节，心中无以发泄的情绪让我憋闷不已。因此，至少对我来说，书中充斥的那股激情即使在多年以后多少有些褪色，却也绝不是毫无意义的。

这幼稚而拙劣，同时又如此老练的文字究竟怎么回事呢？幼稚而拙劣的部分明显属于我本人，但那"老练"又从何而来呢？为什么如此不可思议的作品，竟会是我二十年前的旧作呢？阅读此书虽然给了我不少欢笑，但当我回过神来，心中却多了一些难以磨灭的伤痕。这种奇妙的读书体验，是我并不熟悉的。

书中的"我"后来是否平安无事地、比较开朗而愉快地度过了人生呢？一个尚处于毫无防备的年龄，对人对事没有任何抵抗力的年轻人，竟为一个人而懂得了爱是一种近乎悲伤的感情，甚至愿意为那个人放弃自己的生命。当他收到对方从加勒比海小岛上寄出的那张几近残酷的明信片，意识到两人再也无法相见时，心中究竟会泛起什么样的痛楚呢？想到这里，我不禁感到胸中阵阵疼痛。

他者的痛楚和自身的痛楚，经历了正常的成长道路，能够清楚区分二者的成年人肯定无法写出如此失衡的小说。话虽如此，这也只是将自己的心情套用到了他者身上，亦即所谓的自我妄想失控而已，或许拿到明信片的那个人，正因为糟糕的人际关系和第二天繁重的工作而烦恼不已，只飞速地浏览了一下文字罢了。若是这样，却也让人释然。

尽管如此，这也还是一本让人难受的小说。因为是自己的旧作，就像同卵双胞胎之间进行皮肤移植一样，理所当然地不会产生任何排斥反应，只是一旦进入书中，我还是惊讶于眼前所出现的场景。日本剧院、东京剧场周边的银座街道、关东调研中心内部、主人公为进行问卷调查而奔波的东京旧城区，还有银座和蒲田夜间的景致。理津子的说话方式、为人禀性、一颦一笑，以及主人公出的那些似曾相识的洋相，都给我一种惊人的即视感。为什么二十年前的自己，能够写出如此栩栩如生的故事呢？

再继续说下去，恐怕就有人要骂我王婆卖瓜了吧？可是，我现在却觉得别人怎么说都无所谓了。为了恢复小说的平衡性，最保险的手法就是把故事改造成现在的自己永远找不回来的青春，以及青春的热情酝酿出的无限能量这一主题。虽说如此，我也觉得那已经不必要了，至少那并不是最好的办法。因为有了如此略带轻视的想法，在我展开书页后，瞬间便落得个体无完肤的下场。

直到结尾，在我彻底修改完毕之后，依旧无法摆脱脑中的混乱情绪。照理说，我并不是如此轻易就会方寸大乱的人，因此由我现在这个混乱之态可以看出，这本书的确不简单。明明没掌握几分写作的基本技巧，却狡猾地戳中了人心中最软的一块地方，然后便极尽所能为所欲为。

尽管如此，这本小说的文章却实在是教人拿不出手。虽然我在修改之前便告诉编辑，说此次修改必定会是满纸通红，因此并未过于惊讶。但不管怎么说，这文笔实在是臭得可以。

当时我的写作风格尚未成熟，又被出版社强迫我模仿某些流行作家的写作方法，不仅如此，这本小说还是我被编辑堵在九段的一家酒店里紧赶慢赶写出来的。拙劣的手法再加上不断的催促，我自然不会对文章抱任何希望，结果翻开一看，果然惨不忍睹。因此我从很久以前就一直想对该作进行修改了。经过此次的修改，文章应该顺眼了不少才是。

记得当时我住的都市酒店都装有BGM[①]系统，有时候写了一天小说，疲惫不堪准备睡觉，或是躺在床上让思绪飘飞的时候，

[①]即背景音乐。

我就会打开BGM的开关，呆呆地倾听曼托瓦尼、日向敏文或莫扎特的作品，听着听着，心中总会油然升起一种莫名的苦楚。我以前在《蓝调酒店》中也提到过。那种青涩感最强烈的时期，正是该作的创作之时。

如今，酒店里已没有了BGM功能，那种感觉，一个人待在酒店里的那种莫名其妙的苦楚，恐怕再也不会出现了。这部作品中暗藏的强硬，那种不容你保持旁观态度的蛮横手段，跟当时自己那种敏感的精神状态有着很大的关系。当然，也跟那拙劣的文风有着很大的关系。再往下说，甚至跟恋爱小说这一故事风格也有着很大的关系。

我在那之后又成长了很多（究竟说不说得上是成长，对此我不太有自信），开始渐渐向论文性的世界倾斜，变得更加倾向于冷静而充满逻辑的创作风格，这种风格看似有种大人的成熟味道，但被本作稚拙而强大的力量一冲击，却变得摇摇欲坠了。我甚至想拜入二十年前的自己门下，重新学习他的写作方式。

若是论文，当然存在文字的巧拙之分。但在小说的世界，那种黑白分明的单纯评价却是不可取的。就算文风拙劣，其中的世界却并不会因此而缺乏表现，甚至应该说，正因为作者被过于强有力的书中世界所翻弄，才会写出了拙劣的文章。有时候，优秀的文章反而会阻碍了作者的视野，是他无法成功表现书中的世界。

说了这么多废话，想必各位看客也烦了。总之，本次改版让我得以将自己一直很在意的作品彻底修改了一番。不过正因为文字拙劣而凸显了文章迫力的地方我尽量让其保持了原貌，至于理津子的话语，我甚至不敢用红笔去亵渎。那不是我能够随意去改动的东西，因为，那是理津子自身的话语。

不过，小说的序幕和尾声却糟糕得令人发指，尤其是前者，直接被我删掉重写了一遍。

不过话说回来，小池理津子究竟是个什么样的人物呢？她从哪里来，又消失到哪里去了呢？存在于作中的那种凛然，究竟是什么样的奇迹造就的呢？她现在在哪里，又在做什么？性格是否还与当时一样？会长去世之后，她又经历了什么样的人生？

她母亲又如何？她们在那以后是如何在争吵中相处的呢？每日不间断的斗争，是否夺去了理津子的笑容和魅力呢？她心中柔软的一角以及曾经的信念，是否能经历岁月的考验？相信关心这些的并不只有我一人。在进入二十一世纪的现在，理津子也积累了一定的阅历，到了当时她母亲的那个年龄。她至今为止都书写了怎样的人生道路呢？她的道路，与母亲又有着什么样的不同？

在美国，我曾经有机会接触到有着理津子性格的女性。例如在大财阀的指导下进行工作的同时，又在世界股票市场活跃不已的著名美女实业家。又如不断在电视和广告中亮相的著名女演员。她们都有着一个共同的特点，就是因为各种原因而逃避着日本这个国家。而其中的绝大多数，现在都过得不太幸福。

但理津子却不同。她有着对纯情的主人公表现出来的那份出自心底的诚意，故我坚信，她的人生会因此而获得丰硕的成果。

如果她现在也在美国,那么我想,她身边一定趴着几条爱犬,本人则躺在泳池边的躺椅上,与已经成年的孩子们共享热带果汁吧。想必作为主人公的"我",也一定会赞成我的想法吧。

二〇〇五年二月二十八日
岛田庄司

NATSU JYUKYUSAI NO SYOZO by Soji Shimada
Copyright © 1985 by Soji Shimada
All rights reserved.
First original Japanese edition published by Bungeishunju Ltd., Japan 1985.
Chinese (in simplified character only) soft-cover rights in CHINA reserved by
New Star Press Co., Ltd. under the license granted
by Soji Shimada arranged with Bungeishunju Ltd., Japan
through Beijing Kareka Consultation Center, CHINA.

图书在版编目（CIP）数据

夏天，十九岁的肖像／（日）岛田庄司著；吕灵芝译 . —— 2 版 . —北京：新星出版社，2016.6
ISBN 978-7-5133-2143-3

Ⅰ．①夏… Ⅱ．①岛… ②吕… Ⅲ．①中篇小说－日本－现代 Ⅳ．① I313.45

中国版本图书馆 CIP 数据核字（2016）第 079148 号

午夜文库　谢刚 主持

夏天，十九岁的肖像
（日）岛田庄司 著；吕灵芝 译

责任编辑：王　怡
特约编辑：王　萌
责任印制：李珊珊
封面设计：@hakuna陆壹

出版发行：新星出版社
出 版 人：谢　刚
社　　址：北京市西城区车公庄大街丙3号楼　　100044
网　　址：www.newstarpress.com
电　　话：010-88310888
传　　真：010-65270499
法律顾问：北京市大成律师事务所

读者服务：010-88310800　　service@newstarpress.com
邮购地址：北京市西城区车公庄大街丙3号楼　　100044

印　　刷：河北鹏润印刷有限公司
开　　本：910mm×1230mm　1/32
印　　张：7.75
字　　数：90千字
版　　次：2016年6月第二版　　2016年6月第二次印刷
书　　号：ISBN 978-7-5133-2143-3
定　　价：38.00元

版权专有，侵权必究；如有质量问题，请与印刷厂联系调换。